JN182884

渡部昇一ブックス 12

渡部昇一の着流しエッセイ ❺

日々是好日

平成27年（2015）10月１日

講談社の絵本　「面白くて為になる」は野間清治の出版理念（本文p.20）

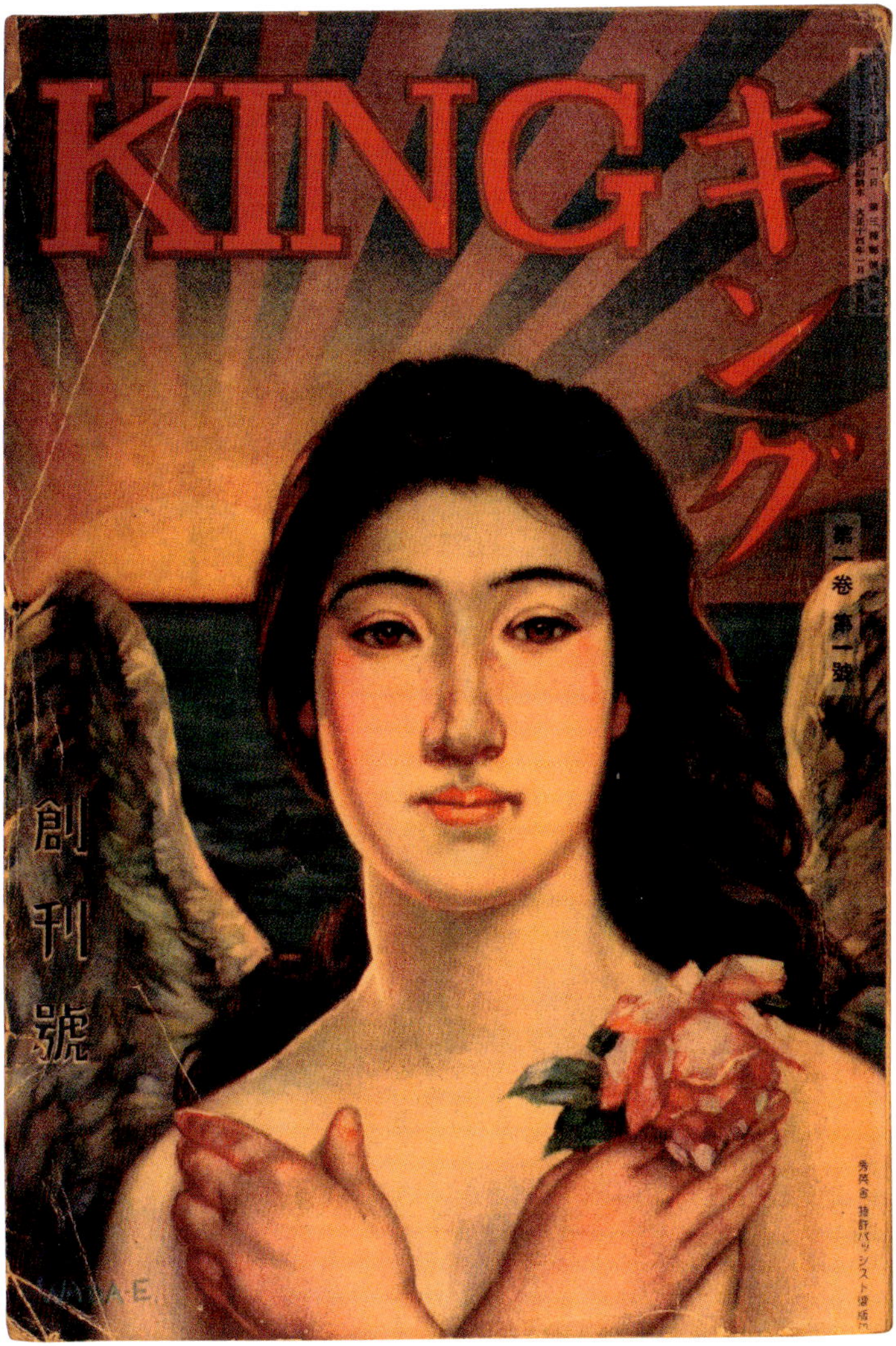

『キング』創刊号表紙　戦前も「軍備制限」に熱心だった（本文p.38）

平成27年（2015）1月17日に開催された上智大学英文科同窓会で講演される渡部先生。英文科の同窓会はこのときが初めてであった。

渡部昇一の着流しエッセイ

5

――卵でコレステロール値が上がる？　まさか！

広瀬書院

渡部昇一ブックス 12

渡部昇一の着流しエッセイ ❺

——卵でコレステロール値が上がる?　まさか!

●目次●

ジャケット・扉題字／渡部昇一　書
挿絵／小山　進

注1　本書に収録された作品は、社団法人実践倫理宏正会発行の『倫風』誌の平成23年1月号から同24年12月号に掲載されたもので、本巻をもってすべてを収録いたしました。各エッセイの題名は雑誌掲載時のものと異なります。

注2　本文中〔　〕を用いて〔今年〕、〔最近〕等としたところは執筆当時の「今年」「最近」を示す。他もこれに準じます。

卵でコレステロール値が上がる？　まさか！

福島の原発放射線問題とも構造が似ているお話。

お月様のウサギが卵にも?!

「卵を食べるとコレステロール値が高くなるよ」とお医者さんに言われたことのある人は少なくないであろう。私も言われたことがある。しかしそんなことがないことは科学的に立証されているとのことである。

故・三石巌《みついしいわお》博士によれば、卵とコレステロール値の関係が取りざたされるようになったのは、一九〇八年頃、つまり明治四十一年頃にロシアの医学者アニチコフの実験によるものとのことである。アニチコフは実験用の動物としてウサギを選び、ウサギに卵を食べさせたのであった。すると見事にウサギの血液中のコレステロール値が高くなっている。この実験結果が医学界に広く知られ、「卵を食べるとコレステロール値が上がる」という「神話」ができ上ったのだという。

アニチコフはウサギでなく犬を実験動物として使うべきであった、と三石先生は指摘された。ウサギはそもそも卵も食べないし牛乳も飲まない動物、つまりコレステロールを含む餌をとらない動物なのである。そのウサギに卵を食べさせれば、血中のコレステロール値は突如上昇するにきまっている。犬なら卵を食べさせてもコレステロール値が上がるなどということはない。

このコレステロール神話を検証するために日本の鶏卵業者の有志たちが、毎日十個ずつ卵を食べたがコレステロール値に有意な上昇はなかった（人間は、ウサギのような草食動物でないから当然）。それで国立栄養研究所でも同じ実験をやった。案の定、結果は同じで卵はコレステロール値と関係ないことが実証された。それでも依然として、「卵を食べるとコレステロール値が高くなるよ」と多くのお医者さんは言い続けている。「卵を食べさせられたウサギの実験結果」が生み出したコレステロール神話は実に百年以上も続いているのだ。

このことから次のような空恐ろしいことがわかる。

（一）世の中には草食動物に、動物性コレステロールの豊富な卵を食べさせてデータを採るような実験があること。

（二）そのデータを、非草食動物、つまり動物性食物を食べる雑食性の人間のコレステロール値の話に適用すること。

（三）このおかしな、全く非科学的、非医学的なデータが、世界中の医学界で百年以上も、人間の患者に対して用い続けられてきていること。

三石先生の本を私が読んだのはもう〔二十年〕近くも昔だ。それ以来、私は毎日卵を食べるように心懸けている。家内にもそれをすすめている。〔今年〕八十一歳の私の血液検査では、コレステロール値は正常範囲内である。七十六歳の家内の場合も正常値だ。

これで連想させられたのは福島の原発放射線問題である。それは卵とコレステロール値の話と構造が似ているのだ。「放射線照射による染色体異常は放射線の量に比例する」という論文をアメリカのハーマン・J・マラー博士が発表したのは一九二七年、つまり私の生まれる三年前の昭和二年である。この論文には一九四六年、つまり広島と長崎に原爆が落された翌年の昭和二十一年にノーベル生理・医学賞が与えられた。アニチコフの実験と同じくデータそのものには嘘はない。問題はどういう動物を実験に使ったかである。

マラーはショウジョウバエのオスにX線を照射して交配し、奇形のショウジョウバエを作ってみせた。しかしショウジョウバエのオスは、その精子の細胞にＤＮＡ修復酵素がない珍しい生き物なのである。たとえば人間ならば、毎日百万回ぐらいＤＮＡに傷がつくが、それはすべて修復される（されなければ、そこがガンなどになる）。

マラーの実験は放射線の子孫への影響の恐ろしさをみんなの頭に焼きつけた。日本においても被爆者の遺伝については追跡調査が行われてきている。そして原爆が遺伝に影響したと見られる例はゼロであると実証されている。人間にはＤＮＡ修復酵素があり、修復してしまうからである。それどころか、原爆の放射線を浴びた地域の人たちと、そこからはずれた人たちの比較調査では、放射線を浴びた地域の人たちの方が、ガン発生率も低く、平均寿命も長いという。

その理由は、とてつもない量の一時的被曝（原爆の爆心地で直撃された人など）でもない限り、放射線はＤＮＡ修復機能を活性化するからである。たとえば淡路島の三原温泉の住民のガン発生率は、日本人の平均の約半分、消化器ガンでは五分の一というデータもある。ラジウム温泉が昔から健康によいとされていることは常識だ。それどころか年間二十万マイクロシーベルトの放射線被曝は健康に最もよいという権威ある報告もある。被曝した放射線を含む瓦礫《がれき》などは、保養施設に利用すべきだという学者もいる。そう言えば東京・世田谷で放射線騒動があったが、その上に五十年住んでいた人は、〔今〕九十二歳だとか。

しかし卵とコレステロール神話のように、放射線神話は、科学的に完全に否定されても、世界中の人々を縛り続けるであろう。

（※　二〇一二・二）

長寿の秘訣四ヶ条

百歳になっても一日も休まず登校した女性教育者、棚橋絢子《たなはしあやこ》。

大日本雄辯會「大正婦人立志傳」
（大正 11/8/1 発行）収録写真

わが国の女性の教育者は長命の人が多いと作家の出久根達郎氏が調べている。並べてみよう。

跡見学園を創設した跡見花蹊《かけい》は八十七歳。

熊本女学校（海老名弾正創立）校長竹崎順子は八十一歳。

徳富蘇峰《そほう》・徳冨蘆花《ろか》の母徳富久子は九十一歳。

その妹の矢嶋楫子《かじこ》が九十三歳。

三輪田女学校を創った三輪田真佐子が八十五歳。

共立女子学園の鳩山春子が七十八歳。

津田塾創立者の津田梅子が六十六歳。

名古屋高等女学校の創立者の棚橋絢子《あやこ》は百一歳。

大妻女子学園の創立者の大妻コタカは八十五歳。

といった工合《ぐあい》である。短命であった当時の人の年齢を今日の年齢に換算するには〇・七で割るのがよいと言われるが、そうすると更に驚異的な長寿者揃いということになる。

特に棚橋女史については出久根氏はこんなエピソードを伝えている。東大医学部教授だった入沢達吉博士が、あるパーティで九十六歳の棚橋女史と食事を共にした。途中で棚橋女史が離席したので、気分が悪くなったのではないかと心配して、後を追って、「大丈夫ですか」と声をかけたら、「実はもう一つの食事会に招かれており、そこでも少しは食べないと失礼になるので中座しました」と答えたという。九十六歳の女性が食事会の掛け持ちである。

この棚橋女史が九十八歳の時、つまり天保十年生まれの彼女が、昭和十二年四月六日に、東京中央放送局（後のＮＨＫ）で、「私の長寿秘訣四ヶ條」と題するラジオ放送を行っている。幸いに速記したものが手もとにあるので要点を紹介してみよう。

その四ヶ条とは、一に儒学、二に歩行、三に安心立命、四に利用更生である。

なぜ儒学が長命と関係あるのか。旧幕時代には女子が儒学者の塾に入門することは普通はない。しかしその志望を父に打ち明けると、儒学の心得のある父は、夜分に人が寝静まってから少しずつ四書を教えてくれた。その後、父は『経典餘師《けいてんよし》』を与え、「これで勉強すれば他人にも知られなくてよいだろう」と言ってくれた。その時、父は「余り満腹すると物覚えが悪くなるぞ」と注意したのである。それでその時十三歳の絢子（幼名は貞《さだ》）は、書物を覚えたい一心で、その後は腹八分目を守ってきた。例外は、乳飲み児を抱えていた時で、お乳のために十分食べたという。（粉ミルクなどない時代だから母乳の代用品はなかったのである）

第二の歩行であるが、それは絢子が学習院女子部で教えていた時のことである。息子が大学を卒業するまで、雨の日も雪の日も、芝の三田から神田錦町まで約六キロを徒歩通勤したというのである。電車もない時代で、馬車や人力車を抱えることのできる身分でなかった。

第三の安心立命である。彼女の夫の棚橋松邨《しょうそん》は儒学・仏教学に通じた人であったが、勉強のあまりか、若くして失明した。そこに明治維新があって家禄を失い、困窮したことがあった。絢子が一生懸命働いても貧苦は去らず、憂鬱になることもあった。そういう時でもこの盲目の夫は泰然《たいぜん》自若《じじゃく》としてこう言ってくれたという。

「精一杯努力しても酬《むく》いられず、飢えることがあってもそれは天命であり、人《じん》力《りょく》の及ぶところでない。だから無益な心配をして心を苦しめてはいけない。特に一女性のお前の働きは普通の人間のできることではない。それほど努《つと》めても及ばない時は餓死してもよいではないか。何の憂苦《ゆうく》することがあろうぞ」

その体験から、絢子はよく工夫し努力はするが、それが成功するか否かは心配しない習慣が身についたというのである。

第四の利用更生は、水野南北という易者の本から学んだことであった。それは紙と水は人間に欠くことのできない大切なものであるのに、粗末に扱われ易《やす》い。こういうものを粗末に扱う人は長寿になれないという。天は生物でも死物でも、その寿命を短くするのを好まない。天物を暴殄《ぼうてん》する者、つまり無益に使い捨てたり、暴飲暴食などして身体を粗末にするものは短命に終るのだという。それで絢子は廃物利用など、利用更生を心懸けてきたという。

このようにして生きてきた絢子は、百歳になって亡くなる直前まで、一日も休まずに登校した。

最近の動物実験でも、摂取カロリーを減らすと長寿になることは確認されているようだ。過食がたいていの病気のもとであることは石原結實《ゆうみ》先生などの説いてやまないところである。

歩行が重要なことは「老化は足から」と言われることでよく知られている。また取越し苦労や無駄な心配をしないことなどが重要であることはすべての長寿者が語るところである。ただ利用更生・廃物利用などは大量消費の時代には一番無視され易い点であろう。

（※　二〇一一・九）

講談社の絵本

「面白くて為になる」は野《の》間《ま》清《せい》治《じ》の出版理念。

今の天皇陛下（当時は皇太子殿下）が三、四歳になられた時、当時の出版王であり「私設文部省設立者」と言われた講談社（当時は大日本雄弁会《ゆうべんかい》講談社）の社長の野間清治はあることに気がついた。それは「日本には皇太子殿下がお読みになるような絵本がない」ということであった。そうして始められたのが「子供が良くなる講談社の繪本《えほん》」である。

最初に出たのは昭和十一（一九三六）年の十二月であった。この時は『乃木《のぎ》大將《たいしょう》』『四十七士《しじゅうしちし》』『岩見重太郎』『漫画傑作集』の四冊。製版印刷は、それぞれ共同印刷、大日本印刷、凸版印刷、単式印刷であり、日本の代表的な印刷会社を動員していた。装幀は漫画本のほかはすべて多田北鳥《ほくう》である。画も名のある画伯たちのものだ、『乃木大將』の場合、表紙は岡吉枝《おかよしえ》、中の絵は伊藤幾久《きく》造《ぞう》、文は池田宣政《のぶまさ》である。『四十七士』の絵は神保朋世《じんぼともよ》、文は小泉長三、『岩見重太郎』は絵は井川洗厓《いがわせんがい》、文は大河内翠山《おおこうちすいざん》である。漫画には田河水泡《たがわすいほう》や島田啓《けい》三《ぞう》が力作を画いている。

乃木大将は当時国民崇敬の的だし、四十七士は最も人気のある芝居にもなっているから題材としては当然だ。しかし岩見重太郎は野間清治の講談好きのせいだろう。講談は勧善懲悪《かんぜんちょうあく》の話に仕立てられて、江戸時代の心学の伝統に連なっている。漫画にも一巻が当てられているのは、野間清治の出版理念である「面白くて為になる」の「面白さ」を強調するものだ。

こうした「講談社の絵本」は日本の教育界からも絶大な支持を受け、高名な教育者や学者たちが推薦の言葉を寄せている。有名な学校の先生たちがこぞってほめる絵本であるから、学校でも特別扱いであった。公立の小学校でも新入生を入れる時に、文房具屋さんなどが学用品の販売に来ていたし、本屋さんも講談社の絵本を出張販売していたが、他の会社の絵本はなかった。まことに講談社は私設文部省であった。

講談社の絵本が売り出されてから数ヶ月後、つまり昭和十二年四月に私も小学校に入った。本屋さんは講談社の絵本を並べて、「いかに子供の教育のためによいか」を子供の親たちに話していた。その時は『桃太郎』『曾我《そが》兄弟』『牛若丸』『宮本武蔵』『金太郎』『楠木正成《くすのきまさしげ》』『イソップ物語』などが並べてあったと思う。

幸いなことに私の父は家計に余裕もなかったはずなのに、私には漫画を除いて全部買ってくれた。〔七十数年〕前をふり返ってみると、父が経済観念に乏しかったことに改めて感謝せざるをえない。当時の田舎では、住む家や食べ物はあっても、現金の収入は少なかった。だから子供に雑誌や絵本を買ってやる家庭は稀《まれ》と言ってよかった。私の家よりはるかに豊かで、私の母が時々、緊急の時にお金を借りに行った家の子供たちも、講談社の絵本や雑誌は買ってもらえなかったのである。

今でも思い出すが、わが家にお金を貸してくれたような家の子供たちが、「昇ちゃん、遊ぼう」と私の家に来ると、私と遊ぶことより、私の持っている絵本や雑誌をむさぼり読んでいた。私の父は農家の長男として育った人で、お金の節約は考えない習慣であったと思う。魚売りが来れば、すぐに鯛のさしみを作らせるといった具合であった。母の苦労は子供の私にもよくわかった。しかしその母も、父が子供に絵本や雑誌を買うことには反対しなかった。父がレコードを買ってくることにはよく文句を言っていたので、父はレコードを買ってくると、母に見つからぬよう、家の入り口にかくして入ってくるのを子供の私は何度か見かけたことがある。

母は子供をほとんど叱らなかった。記憶にあるのは、「お前には本を読ませているではないか」という叱り方だった。本では特別な贅沢をさせてもらっているという意識は、子供の私にもあったからそれで恐れ入った。おかげで、私は近所では悪さをしない特別よい子ということになっていたらしい。講談社の本は確かに「子供を良くした」のである。川に泳ぎにゆく時、途中でキュウリなど畑から失敬したり、他家で飼っている鯉をこっそり捕まえにゆくというようなことに私は加わらなかった。それでも孤立したり、いじめられた記憶はない。それは仲間たちも私のうちに絵本や雑誌を読むため、よく「遊びに」来ていたからかも知れない。

知識の面からも講談社の絵本から得たものは大きい。絵本の絵を見て、画家の名を当てることなど姉と競争したこともある。日露戦争の頃の軍装や武器や、江戸時代の風物などは絵本で知った。テレビのない時代である。

先日、散歩していたら古書店に昭和十一年の『漫画傑作集』が出ていた。これは父が買ってくれなかったものである。値段を見たら四万五千円だつた。散歩中で持ち合わせがない。翌日出かけたら売れてしまっていた。

（※ 二〇一一・二）

年金制度はいつまで続くか

政府は子供にお金をばらまく政策よりも、
結婚する人を増やそう。

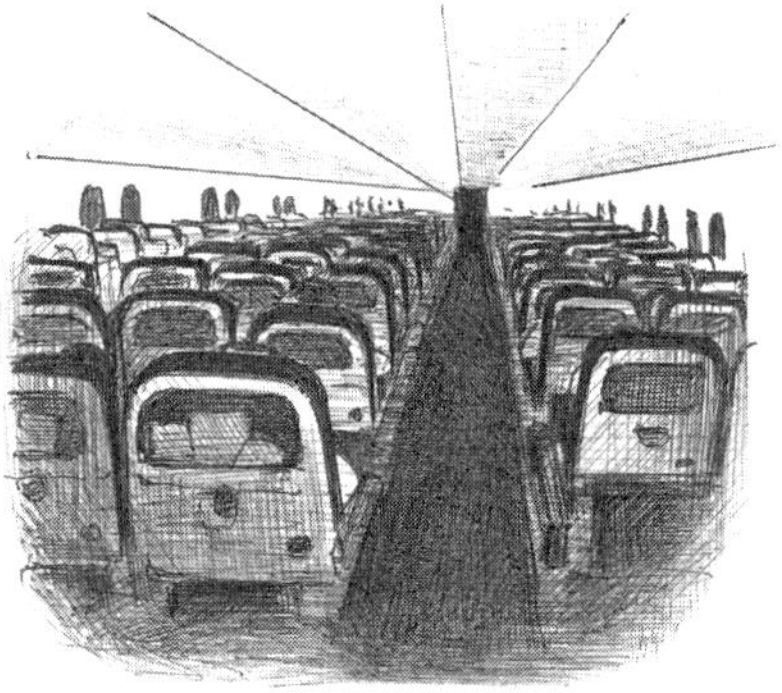

〈最近〉何度も地方に飛行機で行った。どの場合も満席と言ってよかった。東京から行く時も帰る時も飛行機はほぼいっぱいだ。週末なら東京にいる人が帰省するなどの理由が考えられるが、週のまんなかでもほぼ満席であった。

　乗客を見ると仕事で出張という感じの人は二割ぐらいであろうか。老人や子供連れの婦人が目につく。特に中年、老年の女性たちが多いようである。温泉旅行とか、観楓《かんぷう》旅行とか旅情をそそるテーマはいくらでもある。こんな風景を見ていて、大学一年生の時に飯田香浦先生に教えていただいた『孟子』の冒頭の章（梁恵王《りょうけいおう》章句　上）を思い出した。そこにはこうあった。

「学校教育をちゃんとし、更にくり返して親には孝、兄弟は仲好くという家庭道徳を教えこめば、白髪混じりの老人が重荷を背負って道路を歩かなければならないようなこともなくなるでしょう。老人が絹を着、肉をたべることができ、みんなが飢えずこごえないことになれば、そういうことをした人が王者にならないことは決してないはずです」

孟子は梁の恵王に、人民の生活をよくすることが王者としての最重要使命であり、王者たる資格であると言ったのである。その民生を説く時に、老人の状態を強調しているのが特色である。儒教は老人尊重、しばしば老人偏重であった。

孟子が今の日本を見たらどうであろうか。それこそ理想の王道が実現していると思うのではないだろうか。今の日本の老人は——私もその一人だが——重いリュックを背負ってイモの買い出しなどにゆかなくてもよい。着物だって絹、綿、合繊《ごうせん》などいくらでも手に入る。リサイクルショップにも溢れている。肉を食べようと思えばいくらでもある。ハンバーグでも焼肉でも牛どんでも。いや肉は食べすぎるとコレステロール値が上るとか、メタボになるとかで、自分で抑制している老人が多いだろう。

こういう老人が沢山出てきたのは、国民年金制度など、年金の制度が整った上に、医者にかかってもあまり支払いの方は心配しなくてもよいようになってきているからであろう。私が覚えている頃の両親の生活は不安そのものだった。田舎町だから食う物、住む所、着る物の心配は一応ないにしても現金収入がない。医者にかかるのはこわい。親の医療費のためつぶれた小農家の話はふんだんにあった。そのため娘が身売りしたというのは江戸時代の話ではなく、私も子供の頃に何度か耳にしたことがあった。

大学に入ってからも私が一番苦労し、心配したのは両親の生活費だった。夏休には露店商に加わり、その働いたお金は全部親に渡した。私の生活費は奨学金のみだった。留学中はそれまで非常勤講師をさせていただいていた学園の特別の御好意で、私の月給を借金という形で親に送ってもらった。ただ三年間ということだったので、折角のオクスフォード大学にもっと長くおれないのが残念だったが、その学園の御恩は今でも肝《きも》に銘じている。貧乏学生は戦後の日本にはいくらでもいた。学生として貧乏なのは少しも気にならなかったが、親の生活費には本当に苦労した。

　そんなものは年金制度や医療制度が今のようであったら何の問題でもなかったろう。その点で今の老人たちも、その扶養の義務を負っている子供たちも幸せである。それは孟子の説く王道の理想国と言えよう。

　しかしこの年金制度もいつまで続くか怪しいものである。少子化と言われて久しいが、何年か前に本欄にも書いたように、〇《ゼロ》孫化が進行しているのである。私の年代の老人で子供のいない人はむしろ稀である。ところが孫はいる人の方が稀になっているという感じなのだ。人口が減ることは大したことではないと思っていた。日露戦争で大国ロシアを破った時の日本の人口は四千万足らず、つまり今の三分の一だったのだから。しかし今の人口が半分の六千万人になった時、老人が五千万人で若者が一千万人では日本人が消えてしまうおそれがある。厚労省の統計予測を私は少しも信用していない。年金制度が瓦解しないように操作しているに違いないと思っているからである。

しかし信用に値する統計がある。それはツヴァイという結婚紹介会社のものである。それによると結婚した夫婦の子供の数の平均は二人であって、これはもう二十年も変らない。人口が減っている理由は結婚しない男女が増えているからなのである。政府は子供にお金をばらまく政策を取っているが、それより結婚をすすめること、結婚すれば老人になった時、経済的にうんとトクになることを明快に示す政策を立てることである。結婚した人たちは平均二人の子供を育ててくれるのだから。

（※　二〇一一・二）

家族制度、今はなし。遺品は「お荷物」だ

何気なく言ったことによって、自分が年をとっていることを痛感させられることがこの頃よくある。たとえば私が少年の頃に、みんなが読みたがり、持ちたがったのは、前にも取り上げた「講談社の繪本」であった。

「皇太子殿下（今の天皇陛下）がお読みになるのにふさわしい絵本が日本にない」と言って、野間清治《のませいじ》（講談社の創立者）が特別な思いを込めて発刊したのが「講談社の繪本」だった。だから絵にも名のある画家が参加し、内容も立派だった。漫画まで品がよかったのである。私の世代で「講談社の繪本」を知らずに育った人は日本にいないと言ってもそれほど誇張ではないと思う。

（二、三ヶ月前）にある会食の席で、隣に座っていた大宅映子さんと話した時、「講談社の繪本」は見たことがないという。もちろん関心を持ったこともないわけだ。それで私は〝はた〟と気が付いた。「講談社の繪本」は昭和十一（一九三六）年の十二月から毎月三、四冊ずつ発行されていたが、昭和十七（一九四二）年の五月に、『大東亜戦争』と『クヂラノタビ』の二冊を出して終っているのだ。大戦中や戦後生まれの人たちの記憶にあるはずがない。われわれの世代の者たちにあれほど圧倒的・絶対的人気のあった「講談社の繪本」もたった六年ほどの寿命だったのである。だからこの絵本を話題にできるのは、この六年間とその前後数年間に子供だった人たちだけということになる。生き残っている人の数は今になってみるとそれほどあるわけではなく、しかも毎月毎年その数は減り続けてゆく。私の家内はもちろん、子供たちも「講談社の繪本」を知らない。よく顔を合わせる編集者たちも知らない。

あの頃は本も雑誌も大切にされた。捨てるなどという発想はどこにもなかった。貧しい小作をやっている農家でも、古い『キング』（講談社が出した戦前の国民的雑誌）などを大切に保存していた。更に紙が欠乏した大戦後半では、古い本も雑誌も絵本も宝物のように貴重だった。

ところが今はどうだろう。物を捨てることが大変な気苦労、あるいは心理的重圧になっている。売れない本の山はどしどし裁断される。売れた本でも各家庭は持て余してゴミに出す。古本屋が引き取る本は限られている。知り合いの編集者は、新書本と文庫本を集めていたが、それが二千冊にもなったので古本屋に引き取りに来てもらったら、「二千円でよいですか」と言われたという。これはその中の絶版になった珍しいものに付けられた値段である。私の知り合いにも本好きがいて、書棚が何本もあった。全集本もあった。古本屋さんに来てもらったら、一冊も引き取ってもらえなかったという。綺麗な全集本でも、その古本屋さんには置場所がなかったのだろう。

〔今〕の高齢者はみんな戦中・戦後の物資の極端な欠乏を知っている。だから高度成長で物が買えるようになると嬉しくて仕方がなかった。写真機——戦前は金持ちの持つ贅沢品——も買えるようになった。旅行も切符の入手に苦労することはなくなった。嬉しくて仕方がないから、旅行して写真を撮りアルバムを作った。更に海外旅行までできるようになった。いずれも昔は華族か財閥のような家の人しかできなかったことだ。そして世界各地のお土産も集めた。

こうして老いた人たちは、夢のように幸せな時代にめぐり合ったと思ったはずである。私や家内の世代、またその親の世代までがそうである。しかしいよいよ老齢になってふと気がつくと、昔の家族制度は消滅させられていた。長男がそっくり家も屋敷も土蔵も受け継ぐということはない。親が亡くなると、不動産は売って現金にして遺族で分ける。不動産、特に家には親の集めたもの、愛用品、アルバムなどなどがあっても、邪魔なだけである。あれほど喜んで親が買った物も「お荷物」になるだけだと、みんなが痛感するようになった。

ある相当有名な女性の教授がいた。この人は終生独身だった。海外の学会にもよく出かけることがあった方だったから、各国の品物があった。いずれも愛すべき小物だった。また写真も好きで、何巻ものアルバムを大切にしていた。だが亡くなると家もろともに処分しなければならなくなった。長いことそこに家政婦として出入りしていた人が品物の整理を頼まれた。「あの先生が大事にしておられたアルバムや本など捨てる時は本当に胸が痛みました」と言って、ずいぶん後になってからもその話をする時には涙を拭《ふ》いた。

その「胸が痛くなる」のを克服する精神的訓練として、今は断捨離《だんしゃり》ということがいわれている。これは物を捨てることにより、物への執着を断つということで、「物」に対する一種の悟りをえることらしい。昔、アメリカに住んでいた時、アメリカ人の多くが「悟りを開いているみたいだ」という印象を私は受けた。故国を捨てた人たち、すぐ有望な仕事のある土地に移るのを伝統としてきたアメリカ人は、断捨離が国民性の一部らしい。

（※　二〇一一・三）

戦前も「軍備制限」に熱心だった

ボランティアも盛ん、大正末期の流行語は「社会奉仕」。

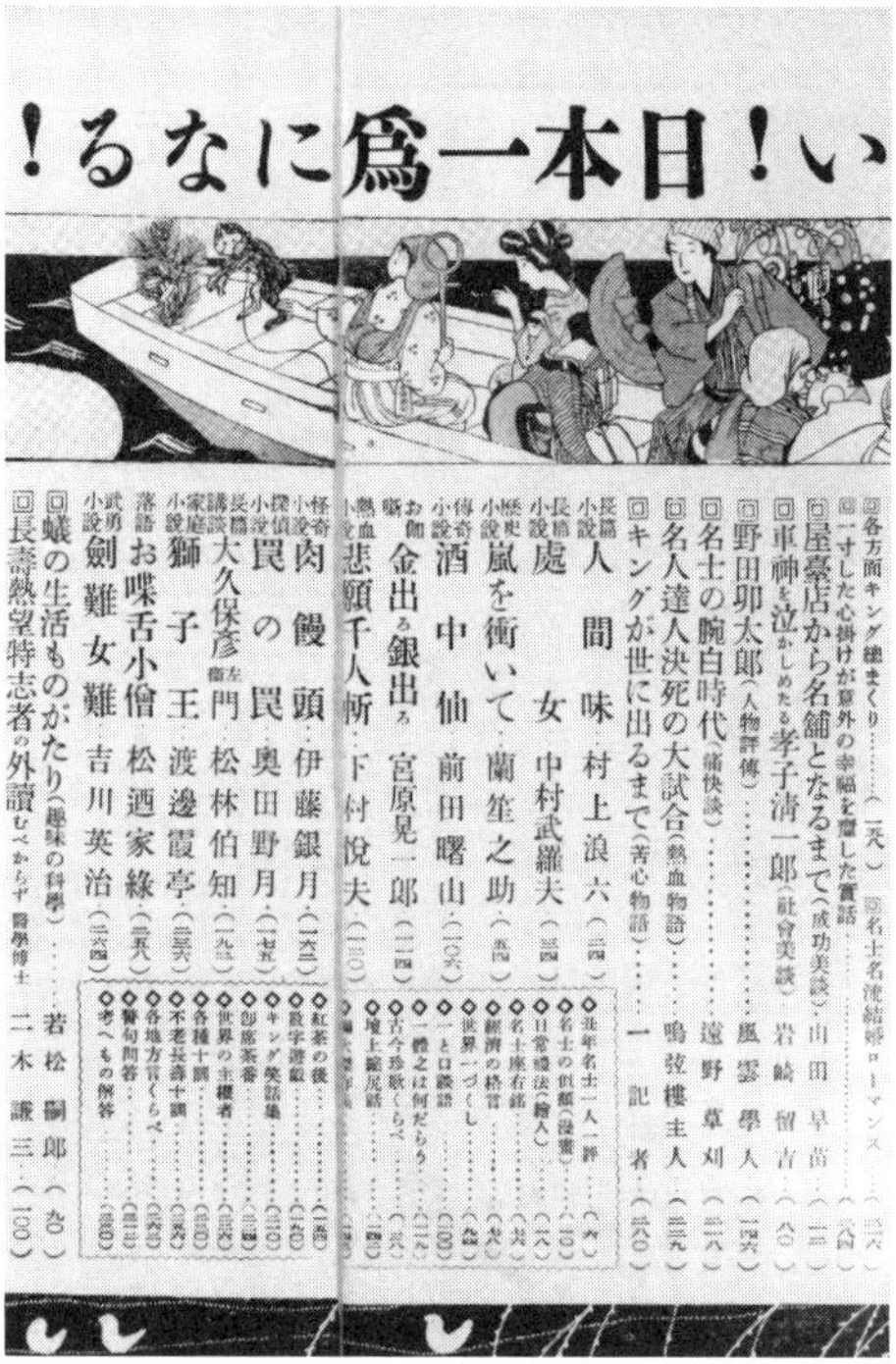

い！日本一爲になる！

◎各方面キング總まくり……（一六八）
◎名士名流結婚ローマンス……
◎一寸した心掛けが意外の幸福を齎した實話……
◎屋臺店から名舗となるまで（成功美談）……山田早苗
◎軍神を泣かしめたる孝子清一郎（社會美談）……岩崎留吉（八〇）
◎野田卯太郎（人物評傳）……風雲學人
◎名士の腕白時代（痛快談）……遠野草刈
◎名人達人決死の大試合（熱血物語）……鳴弦樓主人
◎キングが世に出るまで（苦心物語）……一記者
長篇小說 人間味……村上浪六
長篇小說 處女……中村武羅夫
歷史小說 嵐を衝いて……蘭笙之助
傳奇小說 酒中仙……前田曙山
お伽噺 金出る銀出る……宮原晃一郎
熱血小說 悲願千人斬……下村悅夫
怪奇小說 肉饅頭……伊藤銀月
探偵小說 罠の罠……奥田野月
長篇講談 大久保彥左衛門……松林伯知
家庭小說 獅子王……渡邊霞亭
落語 お喋舌小僧……松迺家緑
武勇小說 劍難女難……吉川英治
◎蟻の生活ものがたり（趣味の科學）……若松嗣郎（九〇）
◎長壽熱望特志者の外讀むべからず……醫學博士 二木謙三（一〇〇）

◇壯年名士一人一評
◇名士の供養
◇日常療法
◇名士座右銘
◇經濟の格言
◇世界一づくし
◇一と口漫語
◇一體之は何だらう
◇古今珍歌くらべ
◇壇上失敗話
◇紅茶の後
◇數字遊戲
◇キング笑話集
◇御馳茶番
◇世界の主權者
◇各種十訓
◇不老長壽十訓
◇各地方言くらべ
◇警句問答
◇考へもの解答

大正十四（一九二五）年の一月一日に、大日本雄辯会講談社から『キングKING』の第一巻第一号、つまり創刊号が発行された。一世を風靡《ふうび》した国民大衆雑誌の出現である。この雑誌は百万部を超えることもあったと言う。当時の日本人の生活水準を考慮に入れると、今なら五百万部も出る月刊誌と考えてもよいのではなかろうか。表紙に大きく「KING」と英語で誌名を出し、そのそばに少し小さく「キング」と片仮名の誌名が出されている。内容はと言えば、『文藝春秋』と『週刊新潮』と、女性週刊誌と、写真週刊誌『フォーカス』などを重ねて圧縮し、一冊にしたような感じである。特に講談系の通俗小説が多い。たとえばこの創刊号の読み物には、吉川英治が『武勇小説　剣難女難』を、中村武羅夫《むらお》が『長編小説　處女《しょじょ》』を、松村伯知が『長編講談　大久保彦左衛門』を書いている。

いろいろ面白い工夫をした記事があるのが『キング』の特色で、巻末には「現代流行語番附《ばんづけ》」が載っている。横綱がなく、大関から始っているのは、横綱も大関の一種という考え方が当時まだ強かったからであろう。

さて当時の流行語の東の大関は「社会奉仕」であり、西の大関は「労資協調」である。「社会奉仕」というのは、今の言葉で言えばボランティアである。大正末期の一番の流行語がボランティアであったということは、当時の日本人の関心が、今とあまり変っていないことを示すものと考えてよいのではなかろうか。ボランティアという言葉が日本で広く使われるようになったのは、アメリカではケネディ大統領の頃だったように記憶している。日本ではその半世紀近くも前に、「社会奉仕」をみんな口にしていたのだ。

西の大関の「労資協調」というのは、戦後ストライキが多かった頃によく言われた。それがいつの間にか実現して、今はストライキが話題になることはほとんどなくなった。特に国鉄が民営化されてからは、一般の国民に関係のあるストライキは絶滅した感じがある。しかしフランスなどではまだやっているという報道を時々耳にする。中国は元来はストライキはない国ということだったが、この頃はどんどん増えてきているらしい。そのうち中国政府も「労資協調」をスローガンにし始めるかも知れない。

次に東の関脇は「軍備制限」である。戦前の日本は軍国主義一色だったように占領軍は日本の学校で教えるよう命令した。しかし『キング』が創刊された頃の日本は軍備制限に熱心で、陸軍は師団数の五分の一も削減したり、海軍は造りかけの戦艦を廃棄したりしていたのである。その方針が変るのは、ソ連の極東軍が増強されたり、アメリカがハワイに太平洋艦隊を増強し始めてからだということは知っておいた方がよいと思う。

西の関脇は「相対性原理」である。アインシュタインのこの大発見が、日本人の流行語になっていたというのは驚きである。これは大正十一年、つまり『キング』創刊の三年前にアインシュタインが日本を訪問し、その年に『アインシュタイン全集』（四巻・改造社）が出版されたことに関係があるだろう。

しかし最難解の物理学理論が国民の間で大きな話題になっていたことは、当時の日本人の向上心と関係があると思われる。「理科離れ」どころか、理工科に進む能力のある青年は、就職の心配も少なく、高給取りになる王道だった時代があったのである。

次に東の小結は「若返り法」である。今日の健康ブームと同じことである。創刊号の中には、二木謙三博士（東大教授）が「長寿熱望特志者の外《ほか》読むべからず」として五ページの記事を書いている。内容は、肉食を減じ、食事は一日二回にして、腹八分目、そして野菜を沢山とれ、と言うアドバイスだ。二木博士御自身が九十三歳まで生きて、文化勲章も受章されているから説得力がある。最近は人参ジュース断食で有名な石原結實《ゆうみ》先生も二木説で健康になられたと聞いている。大正末にも過食の弊害があったらしい。

西の小結は「能率増進」である。今の言葉で言えばコスト・パフォーマンスを上げるということで、どこの企業も必死だ。

こんな具合に前頭二十七枚目まである。そのほか行司には「文化生活」「民衆娯楽」のほかに「三角恋愛」というのがある。今なら「三角関係」ということで、この頃も、これが方々で話題になっていたらしい。この言葉を『キング』第十巻第一号の附録「新語新知識」でみると次のように説明している。「三人の男女間に於《お》ける情事関係を云《い》ふ。主として一人の男性を中心に二人の女性が相争《あいあらそ》ふこと。その中心人物を俗にサンドウイッチといふ。双方から押されるから」。たまたま手もとの週刊誌に、大桃美代子さんと麻木久仁子さんとの三角関係問題が大きく取り上げられていた。こんな美女・才女のサンドウイッチになる男はどんな人だろう。大正末期も同じ問題が日本中の話題だった。

（※　二〇一一・四）

タイプを打てない唯一人の英文科の教師

有能な人達のお陰だが、私が会社員だったら
リストラされている。

〔先日〕かなり長距離を——といってもそこそこの距離だったが——タクシーで帰った。カードで精算しようと思ってカードを渡し、運転手さんはいろいろ機械をいじくり回していたが、結局カードは使えなかった。

「またか」と私は思った。〔近頃〕はめったになくなったが、カードで精算できないタクシーには何度か乗り合わせた。カード精算の機械はついているのに、それを使えない運転手さんがかなりいるということになる。

そういう運転手さんはみな中年以降の年輩の男性である。近距離なら現金の持ち合わせでよいが、少し長距離だと持ち合わせがないことだってありうる。その場合はどうするのだろうと余計な心配をしたくなる。そして勝手に思い込んでしまう、「この運転手さんはどこかでリストラされたか何かで、最近転職したのだろうな」と。

というのは、よく使うタクシー会社でずっと運転手さんをしている人には、そんなことはないし、また若い運転手さんや女性の運転手さんでカードが使えなかったことは一度もない。カードの機械がうまく作動しないのは中高年の男の運転手さんに限っている。

これも推測に過ぎないが、リストラなどの理由で、急にタクシーの運転手になった人は、前の勤務先でも新しい機械などへの適応がうまくできなかった人なのではないか。今は事務機器も日進月歩というか変化が激しい。特にインターネット時代になってからは年寄りには適応が難しい。私自身、機械・器具の発達にはついてゆけなかった男だから、カード操作でまごまごしている中高年のタクシーの運転手さんには同情してしまう。わが身につまされるからである。

私は小学四年生頃に学校で将来の志望を聞かれた時、元気よく「工学博士になる」と言ったので、その後しばらくクラスの中ではそれが私の綽名《あだな》になったこともあった。当時は航研機《こうけんき》という日本の飛行機が滞空時間でも、その時の飛行速度でも世界一になっていた頃である。日本の工業に憧れていたのであろう。

そして新制高校でも理科コースにいた。しかし戦争に負け、占領下の日本では物理学も工学も芯《しん》が停められていると先生に聞かされて落胆したのと同じ頃に、傑出した英語の先生とめぐり合って英文科に進んでしまった。関心は工学から離れ、書物だけの人間になってしまった。

その私が最初に「文明の利器」の問題に直面したのは大学の卒業論文であった。規則によって英語で書かなければならないのはかまわないとしても、「なるべくタイプで打ったものを出せ」には弱った。日本人の先生は手書きでも読んでくれるが、アメリカ人の先生はタイプを好まれたのである。昭和二十七（一九五二）年当時には、アメリカで手書きの論文などはとっくの昔になくなっていたはずだから当然である。

幸いにも寮で同室だった男は、ピアノも弾けるしタイプも打てるという「進歩した」家庭に育った男であった。また、たまたま私と同じ旧制中学の柔道部の一年先輩で、お医者さんの息子だった人が、タイプを持っていて、それを貸してやると言ってくれたのでそれを借り、卒業論文は同室の男に打ってもらったのである。彼は「経済学部は卒論がないからヒマだ」と言ってくれた。タイプの借り代も、タイプの打ち代もなく、何の謝礼もできなかった。友人の無料奉仕を受けて私の卒業論文は完成し、大学院に進むことができた。

大学院の卒業論文の時も同じ問題に直面したが、大学院院長である神父さんの秘書をしていた女性が「私が打ってあげましょう」と言って打って下さった。私が院長先生の仕事の手伝いを少しばかりアルバイトでやっていたおかげもあるが、この時も全く無料奉仕をしていただいたのである。

ドイツ留学でも同じ問題があった。論文の下書きは手書きであった（タイプもないし、打てもしない）。指導教授は「手書きでよい」と言ってくれても、正式に大学に出すには、タイプし、それを印刷して二百部出さなければならない。指導教授が「この論文は内容はよいが、書き手は東洋から来てタイプが打てない」という主旨の申請を大学にしてくれたので、プロのタイピストを雇う特別金が出た。当時はアデナウワーとエアハルトのコンビの時代で、ドイツの大学は豊かであったようだ。古英語とか、ラテン語とか、異常なスペリングの文字が多く出てくるドイツ語で書いた論文を三百ページの本にするために、プロのタイピストが半月かかった。その間、私はやることがないので、ドイツ各地を旅行などして楽しんでいた。

こんな恵まれた体験から、ついに私はタイプを打てない唯一人の英文科の教師として停年を迎えた。もちろん私はパソコンもインターネットもできない。しかし研究や発表に全く不自由しないでいるのは、その面で極めて有能な人がいつもついていてくれたからだ。私は会社員だったらとっくにリストラされている男であったろう。

（※　二〇一一・五）

見事な「あきらめ」

あきらめる——明らかにみる——悟る。

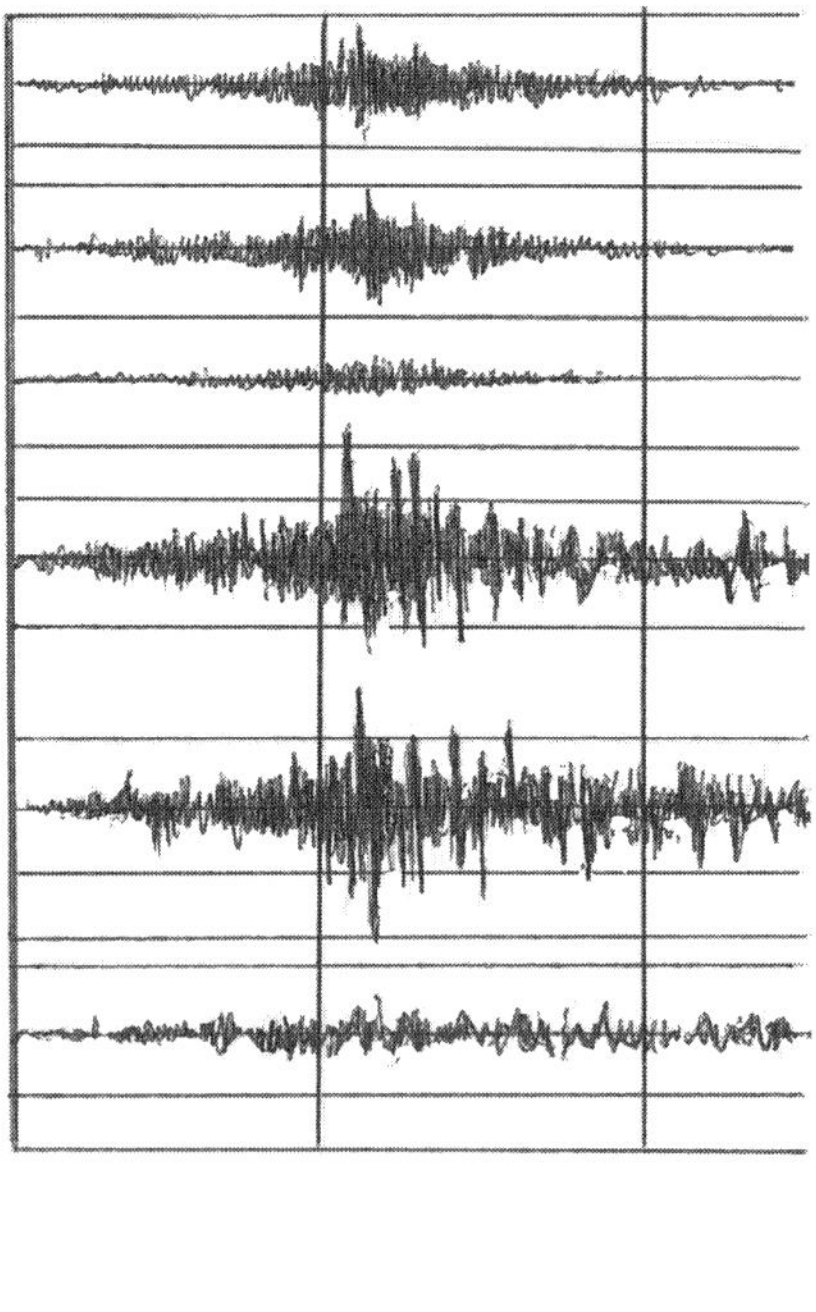

未曾有の大災害である。被災者の方々には御同情申し上げ、亡くなられた方の御冥福をお祈りするばかりである。（※平成二十三年三月十一日 東日本大震災）

個人としてはどうしようもないことが起った時、その対処の仕方として思い浮ぶ方が二人おられる。一人は本多静六博士だ。本多先生は極貧の中から努力と修養と幸運によって、日本の森林学のリーダーとなり、国立公園計画を実現させ、日比谷公園の大公孫樹《いちょう》を救った東大教授である。理財の道にもすぐれ、渋沢栄一に知恵を貸してやることもあったという。そして淀橋（今の新宿あたり）の税務署の管轄内で納税額第一位にもなった。しかし退職に当っては巨大な財産の大部分を奨学基金などのために寄付し、手許に残したのは老後の夫妻が生活するための配当をもらう株券だった。それも南満州鉄道と横浜正金銀行のものだったという。ところが昭和二十年、日本の敗戦によってこの株券は紙屑同様になってしまった。その時、本多博士はこういう主旨のことを言った。

「国が敗戦するなどということは、個人の配慮や思慮の範囲を越えたことである。あれこれ言っても仕方がない。また仕事を始めよう」

八十歳の老人が再び著述をはじめ、ベストセラーも出した。そしてまた再び社会事業に寄付するようになられたのである。

これは見事な「あきらめ」から出た行動であった。「あきらめる」という言葉の語源は「明らかに見る」という、「悟り」の心境を指すものだという。自分の力や配慮ではどうにもならないことはすっぱり「あきらめ」て行動するのだ、という教訓を本多博士は身を以《も》って示されたのである。

もう一人の「あきらめ」の実践を示されたのは英文学者の福原麟《りん》太郎《たろう》先生である。この前の大戦においては、日本の主要敵国は英語圏、つまりアメリカ、イギリス、オーストラリアなどであった。英語は敵性語といわれ排除されることが多かった。私が中学に入った時、まだテニスとかバスケットボールと言っていたのが、間もなく庭球《ていきゅう》になり籠球《ろうきゅう》になったことを覚えている。「若い英語の先生方はあの頃、前途を悲観していたものだ」と私の尊敬する老先生が戦後に言っておられた。

ところがその後、『かの年月』と題する福原麟太郎先生の日記が出版されたのを見てびっくりし、また感銘を受けた。この本は大戦末期の昭和十九（一九四四）年の十月一日から翌年の十月二十日までの一年間の日記である。つまり日本の敗色が濃くなり、戦場はフィリピンから硫黄島へ、また沖縄へと移り、本土空襲も激しく、ついに原爆を落とされて終戦。それに続くごたごたの二ヶ月の間の日日の記録である。

福原先生は東京高等師範学校（後の東京文理科大学・教育大学・筑波大学）の英文科の主任教授であった。英米と戦って国家が存亡の危機にある時に、官立大学の英文科は何をやっていたか。そこでは英文学の研究、講義、演習などが可能な限り行なわれていたのである。「可能な限り」というのは空襲警報が鳴れば防空壕に逃げこまなければならないし、教員や学生の中にも出征する人があったから、平和の時代と全く同じでなかったのは当然である。そうした時でも、他の学科と野球の試合などもやっている。学徒動員で出かけている学生のところを回っては、休み時間に英文学の話をしたり、また出版社と出版計画を立てたりしておられる。この日記の中で、研究仲間として名前の出ている人たちは、女子学生もふくめて戦後の英文学界でめざましい活躍をした人たちである。爆弾の降る時代でも、できる限り平常の勉強を続けた人たちがいたのだ。

今回の大地震では最初の大揺れの時、私は米長邦雄さんとの対談をホテルの三十七階でやっていた。「大船に乗った気で」というのは「大丈夫だから安心しろ」という意味だが、地震で高層ホテルが大船のように揺れるのは気持ちがよいものでない。何しろシャンデリアが揺れて天井にぶつかるほどなのだから。しかし火が出ているわけでもないので、ホテルの放送が「非常階段で降りて下さい（エレベーターはとまっている）」というのを無視してわれわれは仕事を続けた。三十数階から非常階段で降りた人も、降りただけで、何の対策も準備もホテルがやってくれているわけではなかったので、また昇ってくるより仕方がなかった。われわれも早めに「あきらめた」のがよかったと思う。

地震から数日後、弦楽四重奏のコンサートがあった。多くの演奏会は中止になった時なのに、この小さなコンサートは行なわれた。電力や交通が普通でないので、演奏者たちも迷ったらしいが、やる決断をした。電気が消えた場合を考えて、わざと真暗なところで練習したとも言う。聴衆は集まらず、演奏者だけになるかも知れないと覚悟したが、ほぼ満席だった。こんな時なので、演奏者にも聴衆にも常にない気合が籠《こも》っていて、常ならぬ感銘を受けた二時間だった。

（※　二〇一一・六）

放射線と温泉と健康

jinseiryoku
人生力が運を呼ぶ
watanabe shoichi
渡部昇一
kida gen
木田元
ヤミ屋あがりの
哲学者と
テキ屋あがりの
英語学者が
古稀をすぎて
語り合った
人生力養成講座

自分には語る資格があるとは思えないが、福島の原発事故の報道を見ていると思い合わされることがあるのでお伝えしておきたい。

それは大学の寮で同室だったY・I君のことだ。彼は広島の原爆の被爆者だった。原爆のことは常にピカドンと言っていた。爆発時そのピカドンに向いていた方の耳をやられて、片耳しか聞えなかった。そういう身体的な障害が残るくらいだから、現在の報道に出てくる放射線量の単位であるシーベルトで言えば物凄い数値になるであろう。しかし彼は耳以外では不自由なところはなく、勤勉に勉強して大学院に進み、助手になってヨーロッパに留学し、十年ぐらい向うで生活してから帰国して大学で教えた。私は彼と一緒に数年間生活したが、彼は極めて勤勉な学生で、病気が勉学の邪魔になったところを見たことがない。

中学三年の時、T・Mという男が転入してきた。広島の原爆で家が焼かれたのである。彼もシーベルトで言えば物凄い放射線を浴びているはずだ。彼は地元の企業で働くかたわら絵を描き続けている。〔今年〕も上野の展覧会に出品した。〔数年〕前に同窓会で会った時も元気だった。〔今〕、八十歳を超えても絵を描き続けている。

哲学者の木田元さんも江田島あたりで、広島の原爆の雲を見ていたそうである。〔数年〕前に対談した時、八十歳ぐらいだったと思うが、元気で続々と本を出しておられた。その後消化器の手術を受けたと仄聞《そくぶん》したが、元気で個人ゼミを続けておられるそうである。（その後訃報があった）

直接に原爆にかかわった人で私が知っている方々はこの三人だけである。どの人からも後遺症のことは聞いていない。考えてみると、原爆を落とされた時、広島は何十年間も草も生えないだろうと言われたものだったが、たちまちそれ以前よりずっと大きな都市に発展している。原爆で焼殺された人たち、爆心点近くにいて放射線の後遺症に悩まされた人たちの多いことは知っているし、その人たちには心から同情申し上げ、ああいう兵器を使うことを計画した者たちを憎むことでは人後に落ちないつもりだ。しかし私の知っている三人の例から見ると、ある程度以下の放射線なら健康に影響ないという印象を受けている。

原爆を投下される前は、放射線が体に悪いという発想はあまりなくて、ラジウム温泉とかラドン温泉は人気があったし、今もあるのではないだろうか。私の尊敬する医師もラドン放射線は健康によいと言っておられる。私もその言葉を信じて、ラドンを利用した寝具を使っている。

そんなところに知人からメールが来た。ミズリー大学のラッキー博士の論文では大要次のように書かれているそうである。

「われわれの体内には何百というDNA修復酵素があり、一日当り百万ものDNAを修復している。低線量の放射線はこの修復酵素を刺激し、修復機能を強化し、免疫力を高める」

この説が正しいとすると、ラジウム温泉やラドン温泉が人気がある理由がわかる。こういう温泉は通常の二百倍以上の放射線を出しているそうだ。秋田の玉川温泉の岩盤浴は有名で、癌の治療によいというので、そこの宿の予約を取るのが難しいと聞いているが、その放射線量は一時間当り二〜三マイクロシーベルトだという。

放射線の害というと、高レベルから低レベルまで、それこそ程度の差こそあれ、すべて有害と思われているが、この根拠はショウジョウバエのオスに放射線を当てた実験によるものだという。ところがショウジョウバエのオスの精子は、DNA修復力を持たない特殊な例なのだという。

こういう友人からの情報を読んで、前々から「ラジウム温泉はどういうことだろう」と思っていた疑念が解決されたような気がした。

そんなところへ、丁度、月刊誌『WiLL』の六月号がとどいた。それには「福島の放射能、恐るるに足らず」という札幌医科大学教授高田純氏の十二ページにわたる詳細な論文が掲載されている。高田氏は広島大学の原爆放射線医学研究所助教授を経て現職につかれた方で、世界中の放射線被曝調査をなさり、その方面の著書もある権威である。この人は四月十日の午後二時に、福島第一原発の正門前で放射線量を測定した。その時の写真も掲載されているが、マスクも防護服も着用していない。あの原子力発電所の正門前だって放射線は無害のレベルだと断定し、通常の服装のまま測定しておられるのである。そしてこう問いかけておられる。

「福島の緊急避難の意思決定には、専門家の討議と科学報告書は存在するのか、あるならば公開すべきである……〝レベル7〟の最高位……の算出根拠となる論文を公開していない」

高田教授によると、隠されてきたが、今まで最大の核災害は中国で起っており、〔現在〕、その核の黄砂が日本人を襲い続けている。

（※　二〇一一・七）

ネルソン精神を忘れた日本海軍

源田邸を一緒に訪ねた人達。前列向って右端渡部先生の後は、篠田雄次郎氏（日本船舶振興会理事長）

古い郵便物の整理をしていたら、写真の入った封筒が出てきた。この数枚の写真はアルバムに整理するつもりでいたのだが、そうする前にまぎれてしまったのだろう。差出人は金○○君である。金君は朝鮮戦争でアメリカ軍の捕虜となったが、日本にあった収容所から逃げ出してきた男である。旧制平壌中学出身のインテリだった。当時の彼の国籍は北朝鮮のはずであるが、後に韓国籍を取得した。長い間、密入国者の身分であったはずである。人柄がよかったので、そういう身分であることを知りながら、沢山の日本人が彼を支援していた。私の一家が一年間イギリスのエデンバラに行っていた間、彼は留守宅に住んでくれたし、また娘の数学の宿題を助けてくれたりして、私とも友人を通じて親しくなっていた。

さて、金君が送ってくれた写真だが、裏を見ると一九六六年一月三十日とある。〔四十五年〕も前のものだ。それは源田實《みのる》氏の御自宅を訪ねた時に撮ったものだった。源田さんは真珠湾攻撃の時の航空参謀であり、終戦の少し前には、紫電改《しでんかい》（戦闘機）を愛媛の松山に集めて、アメリカの艦載機をバタバタと落して、一時、アメリカ機動部隊をマリアナまで撤退させたという軍人である。戦後は参議院議員になった。

太平洋における日本海軍の働きには腑《ふ》に落ちないことがいろいろあるので、「源田さんに直接質問しようじゃないか」という海軍兵学校に学んだY・S君の提案で何人かが源田邸を訪ねたのであった。Y・S君は源田さんの選挙の時に手伝っているので、源田さんからもすぐ約束が取れたのである。Y・S君が面倒を見ていた金君も一緒だった。

源田さんは当時六十二歳、参議院議員・自民党国防部会長であった。老いたりとは言え眼は鷹のように鋭く、戦闘機部隊の司令時代の面影を偲《しの》ばせるものがあった。庭には実際鷹を何羽か飼っておられたと記憶している。そしてわれわれからのいろいろな質問を黙ってきいておられたが、最終的な答えとして、「日本海軍はネルソン精神を忘れていたのだ」と断言されたのが印象的である。

つまり、日本海軍が尊重してきた見敵必殺《けんてきひっさつ》の精神を忘れ、艦隊司令官はいつも腰がひけていたということである。

この時の源田さんの断言で、太平洋戦争の本質がわかった気がした。真珠湾攻撃では第三次攻撃をやらず、ミッドウェーをも攻撃せずに機動部隊は帰った。ミッドウェー海戦や珊瑚《さんご》海海戦、第一次ソロモン海戦……と、いつでも海軍はネルソン的でなかった。源田老将の胸の中は、そのくやしさで一杯だったように思われた。その後、私はずっと戦記物を読み続けてきたが、源田さんの言葉の正しかったことをますます痛感してきている。

ところでその写真に写っている人たちのことだが、源田さんは確か昭和天皇御崩御の年に亡くなられたと思う。訪問のリーダー格のY・S君は、その後、大財団の理事長になったが食道癌で、また彼が面倒を見ていた金君も同じ病気で亡くなった。二人とも強い酒と辛いものが好きだった。やはりウオッカやタバスコなど大量に摂り続けるのは食道癌を誘発するのかも知れない。その時一緒に行ったM君は、一時、才能開発事業やセミナーで成功し、クィーン・エリザベス号で経営者研修もやっていたが、だいぶ前に亡くなった。やはり癌だったと記憶している。もう一人、同行したS氏は大学の学長になったが、退職後に間もなく亡くなった。こうして見ると、この写真に写っている私の知人はみんな易簀《えきさく》して、この世に残っているのは私一人である。これが傘寿の意味かと改めて思う。

そのせいか昔の写真を見て感慨にふけることが多い。昔の写真では自分も妻も子もみんなひどく若いのである。「若い」と言えば私の長姉の一、二歳頃の写真が出てきた。この長姉は私より十歳年上である。私の両親からは娘・息子・娘・息子の順で四人生まれ、私が末っ子である。私の兄に当る人は私が生まれる前に夭折《ようせつ》している。長姉にしてみれば、長男を失った両親の嘆きをよく見ていたと思う。戦前は長男が家を継ぐのだから特別の喪失感があったと思われる。そしてもう子供が出来ないとあきらめた頃に私という男が生まれたのだから、両親も姉も大いに喜んだ。長姉からいろいろと可愛がってもらった記憶が実に多い。近頃は、両親よりもこの長姉のことを思い出すことが多いぐらいである。

その姉の一、二歳頃の写真があった。考えてみると次姉にも私にも幼児の頃の写真がない。小学校入学の記念が一番古いのだ。どうして長姉だけに赤ん坊の時の写真があるのだろう。当時は写真館に行かなければ写真を撮ってもらえない。個人で写真機を持っている人など当時の田舎町にはいなかったのだから。それで考えられるのは父と母が、最初に生まれた子が可愛くてたまらず、写真屋に行ったのだろうということである。そう考えると、不縁になって不幸だった長姉についてなぐさめられる思いがした。

（※　二〇一一・八）

世の中の移り変わりの何と激しいことよ

〔最近〕のことだが、家内と、スイスから夏休で帰省した娘と孫娘が「Jが閉店していた」とがっくり気落ちしてもどってきた。私の家はすべて規則正しくないので、夕飯にしようと思ったら十時近くなっていることも時々ある。そんな時は近くの食事ができるところはしまっているので、Jというファミリーレストランに行くことが時々あった。

Jをすすめてくれたのは伊豆のサナトリウムで知り合ったM氏である。M氏は海外に住んでいて時々日本に帰ってくる。日本滞在中に一寸《ちょっと》した読書や書き物をする時は、Jがよいと言ってくれたので、われわれも試してみたらまことに工合がよかったのである。ソフトドリンクでも、お茶でも種類が実に豊富だ。それにテーブルがしっかりしている（これはアメリカ系のファミリーレストランの特徴みたいである）。だから一寸した読書や書き物にも都合がよいのである。家内は私とJに行く時は、書く予定の手紙をいくつも持ってゆく。理由はテーブルがしっかりしていること。普通の喫茶店だとテーブルが物を書くようになっていない。それに忘れた漢字を辞書代りに私に訊《き》くという便利さがある。家で一人で書く時は小型の辞書の厄介になっているようだが、私と一緒の時はその手間がはぶける。私もよく漢字を忘れるが、原稿を書く都合上、毎日辞書を引いているので、家内より覚えている漢字は多い。

それにJは食物の材料がよいとM氏は言っていた。東日本大震災の直後、食材が東北からこなくてメニューが制限された時、稲庭うどんを特別に出してくれたが、これはおいしかった。店員も感じがよかった。あの元気で愛想が特によかった若い女性はどうなったのだろう——などと言って家内や娘もちょっと悲しくなったのである。

そういえば知っている店がどんどんなくなってきている。最初は青梅街道にあるケブテルというレストランだった。開店した頃は、新宿から西の青梅街道沿いでは本格的フランス料理を出す最初の店といわれ、シェフの腕もよかった。

しかし改装して大衆的にして、間もなく消えた。吉祥寺も昔は新宿から西では、デパートのある最初の中央線の駅であった。ここでは先ず近鉄デパートが消えた。ここの食堂街にはいい店がいくつか入っていたのに、と家内も私も残念がっている。

〔つい最近〕は伊勢丹デパートが吉祥寺から消えた。吉祥寺に伊勢丹デパートが進出してきたのはわれわれの結婚間もない頃だった。その時、家内や親しい主婦たちが、「新宿まで出なくてもすむワ」と言って大喜びしていたことを思い出す。しかし考えてみると、そう言っていたのは何十年も前のことだった。

また私が大学退職後によく出かけていた喫茶店もイタリアンレストランになってしまった。この喫茶店にはバーのカウンターのようになっている席があり、照明の工合も丁度よかった。あの頃は在職中に読む時間のなかった英語の詩集をここで読むことにしていた。うちからここまでタクシー代は約千円。コーヒーは一杯三百五十円。そして四十分ぐらいかけて歩いて帰ると丁度よい程度に汗ばんでいるので、そのまま風呂に入るというのが日課のようになっていた。若い頃から散歩は好きだったが、七十歳を越えた頃から家を出るのが億劫《おっくう》に感ずることが多いので、行きはタクシーを呼ぶことにしたのであった。こうして英語の詩集を読んで、読了した本を積み上げると座高に近くなった頃にこの喫茶店もなくなったのである。この喫茶店が休みの時にはその近くのファミリーレストランに行ったものだが、その店も〔二、三年〕前になくなった。カウンターもあり、テーブルもしっかりしていて、若者たちがよく勉強しているのを見かけたものだったが。コーヒーなど飲みながら勉強できるので、図書館代りになり、しかもより快適かも知れないと本欄にも書いたことがあった店だ。

また〔二、三週間〕前には、〔数十年〕来おつき合いしていたガソリン・スタンドが「閉店します」と伝えてきた。この店の先代の御主人は、いかにも戦前の地主だったことを思わせる温厚な人だった。そのあとを奥さんが継ぎ、息子さんが継いだのだったが、この人も老いたのであろう。

うちで使う文房具やコピー機など、〔この五十年〕間全部の面倒を見てくれていた大きな文具店が、息子さんの代で閉店すると通知して来たのはつい〔先月〕だ。ここの店主は私の同級生だから、やはり傘寿を越えている。また、毎年、夏に家族で出かける郷里のホテルのオーナーも〔二、三年〕前に病没し、そのあとを継いだ息子さんも病気で体調不良のため、経営者はほかから来た人になった。

昔、漢文の時間に「已《スデ》ニ松柏《ショウハク》ノ摧《クダ》カレテ薪《タキギ》トナルヲ見、更《サラ》ニ桑田《ソウデン》ノ変ジテ海《ウミ》トナルヲ聞ク」という劉廷芝《りゅうていし》の詩を暗記させられたが、まことに「滄桑《そうそう》の変《へん》」とはよく言ったものだと思う。今回の大震災はその巨大急激なものだ。この間、僅かに明るい変化と言えば、私事ながら〔去年〕から孫が二人増えて、孫五人になったことである。この変化だけは嬉しい。

（※　二〇一一・一〇）

日独伊、反原発三国同盟!?

自然エネルギーへの期待がふくらんでいる。私もかつて太陽エネルギーを家庭で利用したことがある。もう〔四十年〕も前のことだ。親しくしていたKさんが、家で屋根に黒いビニールの袋を並べてお風呂のお湯を沸かす設備を付けたら具合がよいというのである。Kさんの近所でもやっている家が二、三軒あるという。工事は夏休に高校生何人かがアルバイトでやったという。すすめられてわが家でも付けてもらった。意外に熱いお湯が出るものであったが長続きはしなかった。天気の悪い日はそんなに熱くならないし、夜は使えない。夏の風呂は、極端に言えば冷水のシャワーでもよいが、冬は熱い風呂に入りたい。ところが、冬になると熱い湯が出てこないのである。

というわけで一年もしないで設備を取り払った。高校生のアルバイトだから工事費は大したことはなかったが、屋根の瓦はだいぶいたんだようだった。今、話題になっている太陽光発電のパネルはそんな幼稚なものでないことはわかっている。しかし夜は大丈夫だろうか。梅雨や時雨の時も大丈夫だろうかという疑念が去らない。

そんな時に九州のリニアモーターカーの線路跡の話が耳に入った。超高速列車のリニアモーターカーは最初九州で実験をやっていた。その実験車が走る近くを小型飛行機が飛んで、速度を比較していたのが印象的である。高速鉄道の先進国日本のリニアモーターカーを視察にドイツから来た人のレポートもあった。ドイツの友人によると、日本のリニアモーターカーへのドイツ人の関心は極めて高いということであった。

その九州のリニアモーターカーの実験は山梨県の方に移されているという。そして九州の線路は不要になった。線路は何十キロもあるが、幅は狭い。その跡地の利用は難しい。それでそこに太陽光発電のパネルを並べたと言うのである。これは名案である、と誰でも思う。そしてその案は実行された。

それで九州の電力事情は改善されたか、と言えば全然ダメだと解ったという。火山の噴火があったのだ。そこから出た火山灰や砂などがパネルに降り、付着したのである。パネルの鏡面が火山灰や砂で覆われては発電できない。では鏡面を再び綺麗にすることができるか、と言えばほとんど不可能とのことである。何しろ火山灰はそう簡単にとれない。全部を綺麗にするための時間や費用は膨大である。そういうことでリニアモーターカー線路跡地の太陽光発電は失敗したというのである。

それで雪国生まれの私は、冬の雪下《おろ》しを連想した。雪国では屋根に積った雪を人の力で下さなければならない。屋根の雪は放っておけばだんだんずり下《さが》って、軒を折ってしまう。だから軒より上のほうに丸太の雪止めをして、軒にずり落ちないようにする。雪止めのため下に落ちない雪はどんどん積る。この積った雪をスコップなどで下すのが雪国の住人たちの大仕事なのである。何年か前、山形県で大雪があった年に、多くの老人たちが家を捨てて市内のマンションに移住したという報道があった。今の山村には若者が少ない。雪下しは高齢者にはきつすぎる労働である。無理に頑張って屋根に上ったが、下す雪と一緒に落ちて死んだ老人の話も時々聞く。

太陽光パネルと雪下しと何の関係があるかといぶかる人も多いと思うが、大いにあるのである。太陽光から発電するために、普通の家や工場の屋根にもパネルを張ることになるであろう。垂直に立っているガラス窓でも一年もすればずい分とよごれて見通しが悪くなる。屋根に置くパネルは水平に近いぐらいの角度だ。物凄く塵《ちり》や埃《ほこり》や砂や、更に言えば大陸からの黄砂が積るであろう。発電の効果を保つためには、表面をいつも綺麗にしておかなければならないはずだ。何か月か、何週間かに一度クリーニングが必要となるであろう。

そのクリーニングの費用はどのぐらいになるのであろうか。日本中の家や工場の屋根にパネルを付ければ、クリーニングする業者の数も厖大《ぼうだい》になるだろう。企業やお金持ちはクリーニング業者に頼むであろうが、一般の家ではその家の人がクリーニングしなければならないのではないか。

そこで雪国出身者である私は心配するのだ。そのクリーニングで屋根に上った素人の何人かは必ず落ちるであろう。雪下しなら落ちるだけで死ぬことはまずない。老人が雪から抜け出ることができなくなって死ぬことがたまにある。しかし雪国の冬以外で、屋根から落ちれば、下は雪ではない。必ず死ぬか重傷になると思われる。年間、自動車事故の犠牲者に匹敵する数の犠牲者が出るのではないか。それにしても、太陽エネルギーに適した砂漠を持つ産油国や、アメリカや中国が、原子力発電所の建設を大がかりで進めているのは何故《なぜ》だろう。反原発の動きが進んでいる主要国が日独伊三国であるのを見ると、何だか七十年前の三国同盟を連想してしまうのだが。

（※　二〇一一・一一）

※編集部注　平成27年8月11日午前10時半、鹿児島県の川内《せんだい》原発1号機が起動、約4年3か月ぶりの運転となった。25年9月に関西電力大飯原発（福井県）が停止し「原発ゼロ」となってから1年11か月ぶりの原発の再稼働。

啓蒙先進国、日本

このような絵を画ける哲学は日本にしかない。

〔今年〕の夏はスイスから思いがけない客があった。孫娘の同級生の女の子がわが家に一週間滞在することになったのである。孫娘もスイスの高校一年生になり、夏休みなので東京に来ている。つまりわれわれ老夫婦の生活に、二人の少女が加わった。

この少女は愛称でココと呼ばれている。このココちゃんはそれまで日本に来たこともなく、日本語学校に通ったわけでもないのに日常の挨拶などはちゃんと日本語でできるのだ。朝に顔を会わせれば、「お早うございます」と言い、食事の時は「いただきます」と言い、終われば「ごちそうさまでした」と言う。就寝前は「お休みなさい」と言って部屋に入る。

どうして日本語を学んだのかと聞くと、すべて日本のマンガによって覚えたという。フランス語圏での日本のマンガの浸透ぶりは想像以上のようだ。そしてココちゃんの将来の希望はマンガ家になることなのである。だから彼女にとって明治神宮の表参道とか、渋谷とか、原宿とか、新宿とか、吉祥寺とか、浅草とかは長い間、あこがれの地名だった。孫娘と二人で、時には母親（つまり私の娘）と三人で、時には叔母（私の息子の嫁さん）も一緒に、そういう東京回りを続け、大いに満足して帰国した。

フランス語圏で流行《はや》っている日本マンガのいくつかも彼女たちから聞いた。もちろん日本の若者も知っているだろうが、われわれ老夫婦の知らないことばかりである。

たとえばこんなマンガがフランス語圏で大人気だという。

若い釈迦《しゃか》とキリストが一緒に日本を旅行する。もちろん日本の人たちはその二人が仏と神であることは知らない。食事のためある店に入った時、店の女の子のサービスがなかなかよい。それでそのことを誉める。すると女店員は、

「お客様は神様ですから」と答える。

それを聞いてキリストは釈迦に向って小声でささやく。

「どうして私が神様だとわかったんだろう」

こういうところを読んでみんな笑い出し、面白がるという。

一神教の国の若者たちが、こういうマンガを争って読み、かつ楽しんでいるというのはどういうことなのだろう。一神教の「神」を相対化していると言ってよいのではないか。

ひたすらあがめられるべき対象を、相対化したのは江戸時代に出た日本の石《せき》門心学《もんしんがく》の人たちである。人の心を宝玉《ほうぎょく》のようなものだとイメージして、それを磨くのが修養であると考えた。そして心を磨くための手段、つまり磨き砂としては、神道の教えでも、仏教の教えでも、儒教の教えでも、何でもよいとしたのである。つまり宗教・宗派を相対化して、すべて「心」という宝玉を磨く材料としたのであった。

この日本独特の思想を明治維新後の日本で開花させたのが、講談社の創立者・野間清治《のませいじ》であった。最も講談社らしい戦前の出版物で、最も重要なものは

『修養全集』十二巻である。この中には乃木《のぎ》大将も、マホメットも、キリスト教徒も儒学者もみんな出てくる。いずれも「よい話」ばかりだ。しかもその第一巻の巻頭の折込みには中村不折《ふせつ》の絵がある。それは釈迦とキリストと孔子が静かに語り合っている図なのである。しかもこの三者の表情が実に素晴しくよい。私は「日本独自の哲学があるか」と言われたら、この絵を出したらよいと思っている。私の知る限り、このような絵を画《か》けるような哲学は日本にしかない。

さらに野間清治はこの精神を彼の出版するすべての単行本や雑誌の中に示した。戦前刊行された日本最初の国民雑誌『キング』には、神道や仏教の偉い人のほかに、キリスト教の宣教師もよく登場していた。キリスト教と全く関係のないところで育った私もそのおかげで賀川豊彦や山室軍平《やまむろぐんぺい》やヘルマン・ホフマンというようなキリスト教徒の名前を知っていた。そして『キング』の読者たちは、皇室や神社を尊敬し、偉い坊さんたちを尊敬し、東郷、乃木というような軍人を尊敬しながら、キリスト教の宣教師たちにも敬意を払うようになっていたと思う。マホメットは当時はほとんど日本人の意識に入っていなかったが、私はやはり講談社の出版物で読んで知っていた。

西洋でカトリックとプロテスタントが仲良く共存をはじめたのは、三十年戦争（一六一八〜四八）の後で、啓蒙思想の浸透によるものである。バッハはプロテスタントでモーツァルトはカトリックということはどうでもよくなっている。

日本は啓蒙の先進国である。カトリックとプロテスタントの共存が西洋の第一次啓蒙とすれば、キリスト教と仏教の共存は西洋の第二次啓蒙ということになるのではないか。その引き鉄《がね》の役目を日本のマンガがしているとすれば愉快な話である。イスラム圏にも啓蒙が行なわれ、釈迦とマホメットが日本旅行することがマンガになる時代が来れば、と思う。

（※　二〇一一・一二）

『サフランの歌』

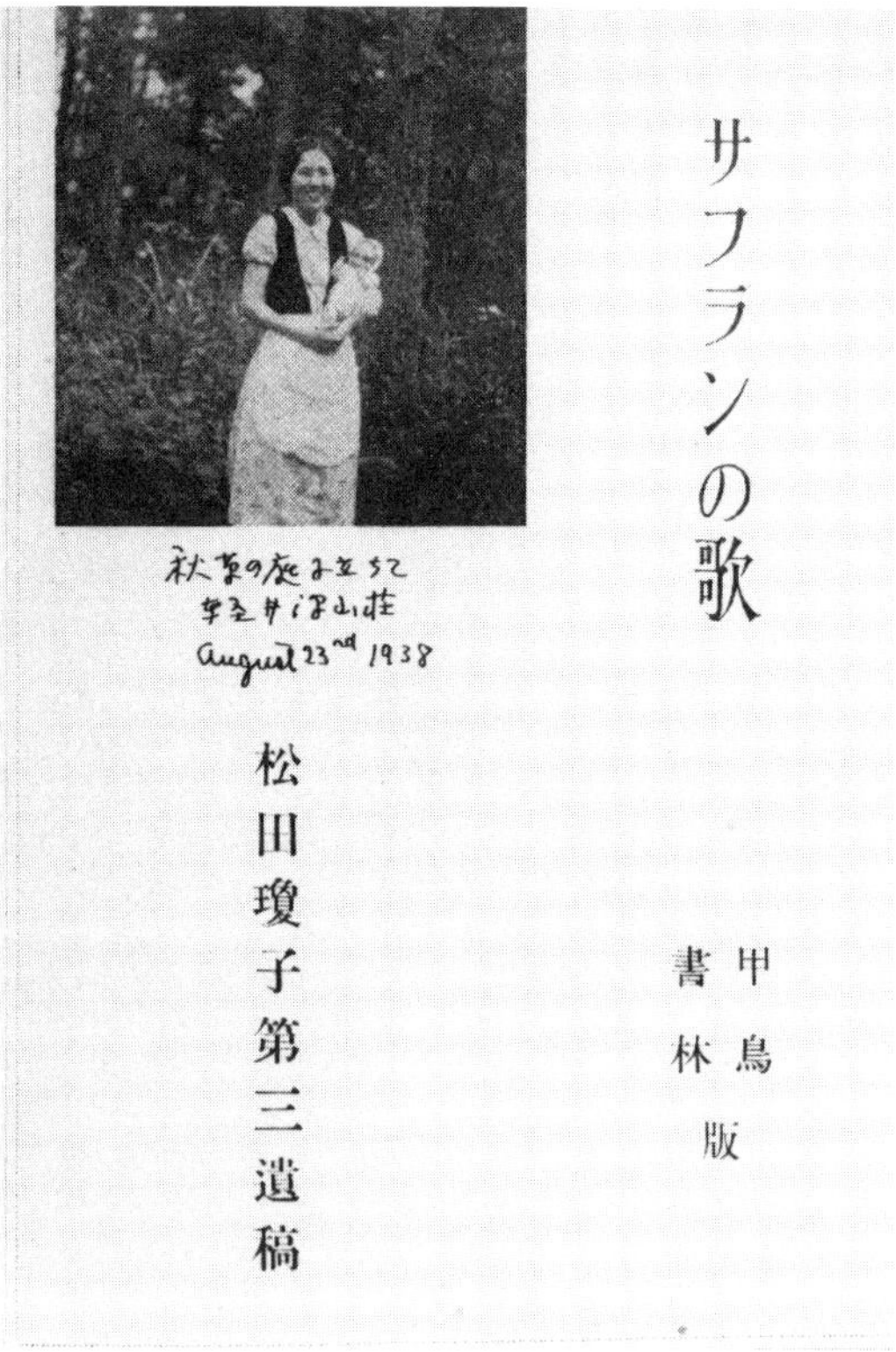
サフランの歌

甲鳥書林版

秋草の庭に立ちて
軽井沢山荘
August 23nd 1938

松田瓊子第三遺稿

松田瓊子《けいこ》という少女小説の作家は、『日本近代文学大事典』にも載っていないほど、戦後は忘れられていた。その松田瓊子が突然蘇《よみがえ》ったのは、美智子皇后のおかげであるということを私は出久根達郎著『書物の森の狩人』で知った。出久根さんは古書店主であるが、講談社エッセイ賞や直木賞を受賞している文筆家であるから、古本のことを語っても実に面白い。そして私には大いにタメになる。谷沢永一先生が生きておられる頃は、この日本近代文学の最高の文献学者から、日本の古本にまつわる面白い話をいろいろ聞かせてもらうことができた。しかし谷沢先生亡き後で、そのような知識を私に与えてくれるのは出久根さんの本なので毎日のように読んでいる。

いつだったか、松田瓊子の小説を美智子皇后は熱心に読まれていると、母校の聖心女子学院高等科の同窓会誌に発表されたのである。美智子皇后は松田瓊子の作品を読みたいと思われたが本はない。それで松田の父親から借りることになったという。その御礼に皇后はプリンセス・ミチコと名づけられたオレンジ色のバラを贈られたという記事が『週刊文春』に出た。

出久根さんは松田の傑作『サフランの歌』（甲鳥書林・昭和十七年）の表紙絵まで載せて紹介している。その絵は昭和十七（一九四二）年五月という珊瑚《さんご》海々戦《かいかいせん》の頃のものなのに、林の中で少年がバイオリンを弾き、その前の木の切株に腰を下した少年と、草原に座った少女がそれを聴いているという、いかにも平和な雰囲気のものなのだ。戦前のよき時代の日本の絵本さながらである。

出久根さんの紹介の仕方がうまかったせいか、私の頭の中に『サフランの歌』という書名が残っていたらしい。先日、書庫を整理していたら、多少汚れた白い紙で表紙を保護した本に出会った。私には見覚えのない本なので、何だったかと思って開いて見ると、『サフランの歌』の初版である。出久根さんの本の紹介では、表紙の絵は白黒であるが、原本では水彩画風の色彩がついていて、何ともいい感じがする。

こんな本を私が買ったはずがないことは確かであるから、家内のものに違いない。四年前に引越しをした時に、私の書庫に家内の本や子供たちの本も多少まぎれ込んでしまったのである。ところが考えてみると昭和十七年というと家内はまだ六歳である、その後家内の父は北海道綴方連盟事件（新しい作文教育に対する弾圧）の主謀者ということで特高（思想警察）に検挙され、三年近く収監され、不起訴になってシャバに出たが、結局昭和十九年に満州に渡っている（ついでに言っておけばこれは全くのデッチ上げ事件で、家内の父は左翼でも何でもなく、戦前戦後ともに共産党とかかわりがあったことは全くない）。家内が満州に渡った時はまだ八歳である。すると家内は満州引き揚げ後、中学生か高校生の頃に古本屋で買って、当時よくみんながやっていたように、本の表紙の保護のために、自分でカバーをつけたものらしい。おかげでこの初版本は少しも傷んでいない。

ところで松田瓊子の父は銭形平次の著者の野村胡堂《こどう》である。胡堂は「あらえびす」という筆名で音楽評論もやっており、クラシック音楽のレコード収集家としても有名であり、その方面の著書もある。彼の長男の一彦も、長女の瓊子も音楽好きであった。この一彦の東大の友人に松田智雄（後に東大教授・経済学者）や前田陽一（後に東大教授・フランス文学）がいた。そして音楽好きの者たち、つまり一彦、瓊子、松田智雄、それに前田陽一の妹の美恵子（後に精神科医になりハンセン病患者に奉仕した）などは室内楽団を作っていた。戦前の日本で二、三の家族の子弟たちがクラシックの室内楽団を作っているというのは、とびぬけたエリート家族という存在を示している。そして松田家と野村家や前田家は軽井沢でも親交があったようである。『サフランの歌』の巻頭には瓊子の遺影が掲載されているが、そこには彼女の自筆で、「秋草の庭に立ちて　軽井沢山荘　August 23rd 1938」と書いてある。つまり昭和十三年の八月の軽井沢の林を背にした写真で、彼女は人形を抱いている。

こういうところで若い人たちが、クラシック音楽の四重奏か何かをやっておれば、そこに恋愛感情が起らないはずがない。一彦と前田（神谷）美恵子は婚約したとも言われるが、一彦は結核で亡くなる。松田智雄は瓊子と結婚する。しかし結婚の翌年、瓊子も結核で亡くなる。『サフランの歌』の巻尾に五ページもの跋《ばつ》、つまり後書きを夫の松田智雄は書いている。そこにはこうある。

「……けい子は病床に就いて居てその愛らしい花を見ることができなかった。彼女はサフランの花を鉢に移し植ゑて貰って眺めて居た程にこの花が好きだった……」

松田智雄はその後瓊子の妹の稔子と結婚した。野村家と松田家はこのように結婚とクラシック音楽で結ばれ、今でも多摩霊園の同じ所に両家の墓が並んである。

（※　二〇一二・一）

真珠湾奇襲半年前の国民雑誌『キング』

『キング』全巻揃いの書棚の前で

「本というものは探していると必ず見付かるものだ」

ということを、学生の頃に教育学教授の神藤克彦先生のお宅で聞いたことがある。この言葉の正しさはこの後の私の体験が証明してくれたように思う。考えてみれば、若い頃の私が欲しいと思ったような本は、とっくに読んだ人が多いに決まっているので、そのうち神田かどこかの古書店に出てくるに違いないのだ。今のようにインターネットがなく、目録もあまりない頃には、古本屋めぐりは週末の主なるレクリエーションであったから、欲しいと思っている本にはたいてい古本屋で出会えたのである。稀覯書《きこうしょ》は若い私には関係がなかった。

本というのはやはり不思議なもので、欲しいと思ったものは何十年後に見付かることもあるし、ありえないような偶然で見付かることもある。それを〈最近〉も体験した。私は自分が育った頃の日本、つまりイギリスやアメリカとの戦争に突入し、すべてが欠乏し、統制がきつくなる前の日本、ざっと言えば昭和十五年頃までの日本が大好きである。その頃は日本人は日本を誇りに思い、親には孝、夫婦・兄弟姉妹仲よく……と言った道徳をみんなが信じていて――実行していたかは別として――子供として安心して育っていたように思うからである。その私の好きだった昭和十五年頃までの日本――この頃は皇紀《こうき》二千六百年を小学生として祝っていた――を実感させてくれるよすがとして、戦前の『キング』を大切に思っている、私の育った家にはだいたい揃っていたし、〔今〕の私の書庫にも大正十四年の創刊号以来のものがほぼ完全に揃っている。しかし欠けている号も三つ四つある。何しろ二百冊以上の雑誌だから欠けた号があるのは仕方がない。その欠けた一冊が昭和十六年の七月号で、「支那事変四周年記念特輯《とくしゅう》号」というのである。それが〔先月〕、地方の古書店のカタログを見たらポツンと一冊、単行本のリストの中に混じっていたのだ。注文したら取れた。こんな昔の大衆雑誌――私は国民雑誌だと思っているが――が一冊だけ出ているのを欲しがる人もないのであろう。

この昭和十六年の七月号というのは、大陸で戦闘が始ってから四年、真珠湾《パールハーバー》のアメリカ太平洋艦隊を日本の機動部隊が奇襲する半年前である。その頃の国際状況は緊迫し、日本も軍国主義に凝り固まっているはずだ。戦後の本で読めばそうなる。では当時、圧倒的な売れ行きで、比肩《ひけん》するもののない国民雑誌であった『キング』はどうなっているか。

紙も統制されて窮屈になっているはずだが三三二ページある。値段は六十銭で、内地送料三銭、外国送料三十六銭である。「銭」という単位はドルやユーロとの比較で出てくる単位になってしまった。今は銭の百倍の円が単位であるが、一円のアルミ貨は落ちていても拾う人もないくらいだ。つまり大陸に百万近い大軍を動員して四年も戦闘を続け、その他ノモンハンでソ連と戦い、一方では戦艦大和・武蔵などの大艦を建造し、ゼロ戦などを開発し続けながらも、インフレは起っていないのだ。

もちろんこの雑誌に戦争の記事は沢山あるが、戦争に関係ない記事が多いのに驚く。痔の薬の広告や、「ドモリ新矯正法」などまるまる一ページだ。枕の広告「不老陶枕《とうちん》」も一ページ。ハゲやニキビの治療法の広告も盛大だ。独学で女学校が卒業できる講習録とか、早稲田大学講義録もまるまる一ページの広告だ。

『キング』は元来、石門心学《せきもんしんがく》的な修養を重んじているから、毎号「天の聲《こえ》　地の聲」という見開き二ページの欄がある。この号でも四人が顔写真入りで取り上げられている。その四名とは吉田松陰（日本）、エマーソン（アメリカ）、スチュアート・ミル（イギリス）、ヴァレリー（フランス）である。当時の日本はアメリカやイギリスと戦争に入る半年前だ。フランスは同盟国ドイツに降伏した国である。吉田松陰は当然としても、あとの三人はいわば敵性国家とされていたはずの国の人なのだ。それなのにこの人選はどういうことだろう。『キング』が創刊された頃のいわゆる「大正デモクラシー」の雰囲気そのままではないか。

数年前、ある会食の場で、当時某大銀行の専務だった人――この人は学生時代は左翼だったと聞いている――が私に、「今の北朝鮮は戦前の日本のようなものですナ」と語りかけたので、私はすぐに「今の北朝鮮に戦前の『少年倶楽《くら》部《ぶ》』や『キング』のようなものがありますかね」と言った。彼はその晩、もう口をきかなかった。

またこの号の「世間ばなし」というページには、山形県の多産の村を紹介している。その村では総戸数二十戸で、十人以上の子宝を持つ夫婦が十組いて、一番多い夫婦は十四人、次が十三人。十一人の子持ちは四夫婦もいる。これこそ今昔《こんじゃく》の感に堪えない数字である。

（※　二〇一二・三）

〝何やらゆかし〟菫草《すみれぐさ》

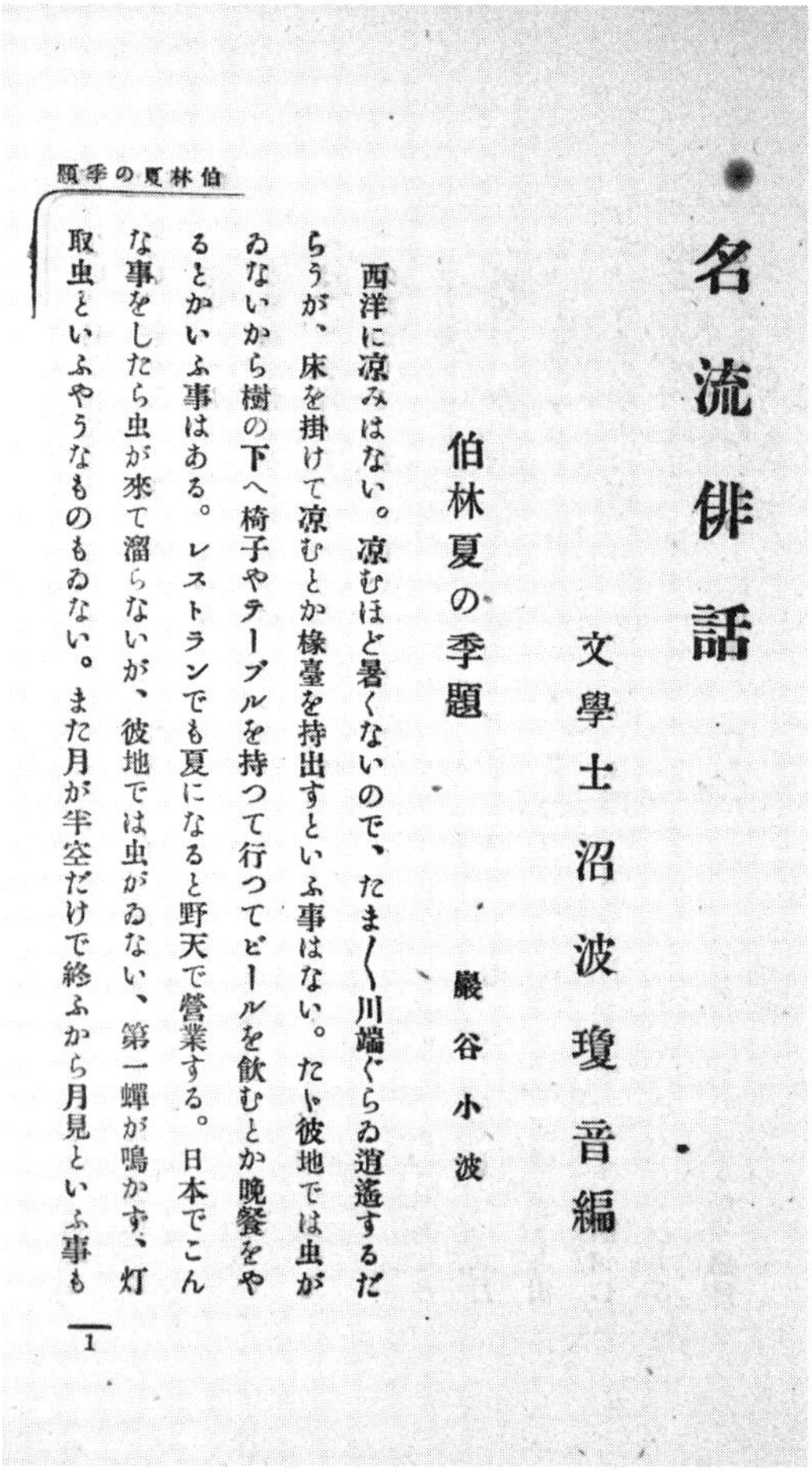

名流俳話

文學士 沼波瓊音編

伯林夏の季題　巖谷小波

西洋に涼みはない。涼むほど暑くないので、たま〳〵川端ぐらゐ逍遙するだらうが、床を掛けて涼むとか椽臺を持出すといふ事はない。たゞ彼地では虫がゐないから樹の下へ椅子やテーブルを持つて行つてビールを飲むとか晩餐をやるとかいふ事はある。レストランでも夏になると野天で營業する。日本でこんな事をしたら虫が來て溜らないが、彼地では虫がゐない、第一蟬が鳴かず、灯取虫といふやうなものもゐない。また月が半空だけで終ふから月見といふ事も

降る雪や明治は遠くなりにけり

という俳句は中村草田男《くさたお》の作として有名である。これを私は彼の句集『長子《ちょうし》』（笛発行所・昭和二十一年）で読んだはずだが、その時は記憶に留めなかった。むしろその数ページ先にある、

書を読むや冷たき鍵を文鎮《ぶんちん》に

などの方を覚えている。「降る雪……」の句が記憶に刻みこまれたのは、誰かが文章の中で引用しているのを読んで「いい句だな」と感銘したからである。つまり誰か他の人の鑑賞力のおかげで、この句のよさが解ったということになる。『長子』の中には、これに匹敵する名句も数あるはずだが、誰かが文章の中で上手に引用してくれないとわれわれの注意を惹《ひ》かないままになってしまう。草田男のお墓は私の家の墓の隣りなので、何となく親近感があり、その句集を時々読んでみるが、「降る雪や……」のようにはっきり記憶に残るものにはなかなか出会わない。ということは私には名句を発見するような感覚が足りない

ということになるだろう。

そんな風に考えていたところ、〔最近〕、饗庭篁村《あえばこうそん》が感心したという四句を紹介している本に出会った（『名流俳話』教育書院、大正五年）。編者は私の尊敬する国文学者・沼波瓊音《ぬなみけいおん》先生である。饗庭篁村という名前に惹かれてそのページを読んだのだが、今ではこの人の名を知っている人はあまりいないであろう。私もこの人の本は読んだことがないが、明治二十年前後には文壇の長老として仰がれ、歌舞伎の劇評は晩年まで重んじられたという。この人に私が興味を持ったのは英文学の大家の福原麟太郎先生が、広島に原爆が投下された頃から、それまで読み続けていた英文学の本を夜に読むのをやめて、饗庭篁村のものなど読んだことをその日記から知ったからである。福原先生が日本帝国の終末を感じられた頃に読み始められた著者とはどんな人なのか、という興味があった時に、沼波先生の編著でその名前を見つけたわけなのである。この篁村が、夏の暑さに閉口して、涼しくなるような故人の句として選び出したのが次の四句であるが、なるほど名句だと思うので紹介したい。

濁《にご》しては澄むを見ている清水かな（五明《ごめい》）

山百合がまわりに咲いているような山奥で清水を見つけて、ちょっと濁してみるというのである。

「名句は涼しい」と篁村は言っている。

露幾夜《つゆいくよ》ふくみ飽きてや桔梗《ききょう》咲く（齋藤雀志《じゃくし》）

私も子供の頃に桔梗の美しさに感動して何度もつくづくと眺めたことがある。あの桔梗の美しさは、毎晩夜露をふくみふくみしたあげくに出たものだと感ずる作者の感性がすごい。

春日野《かすがの》や昔の根から春の草（同右）

奈良には春になると野焼きがある。その後で春日野の若草を見た時の感想が、「昔の根」となるところが、いかにも奈良を連想させてくれる。

山路来て何やらゆかし菫草《すみれぐさ》（芭蕉）

これは誰でも知っている句で、私も小学校の教科書で習った。それ以来、菫が別の草のように感じられたことを覚えている。この句について、齋藤雀志の説明をも篁村は紹介してくれている。

菫という花の本質を言えば、それは「何やらゆかし」に尽きて、それ以上のことは誰にも言えない。それを発見したのが芭蕉である。やっぱり芭蕉は偉い。蕉門十哲の筆頭の俳人として、放逸、磊落《らいらく》の人で、その句も時に豪快、時に難解であった其角《きかく》という人がいる。この人には菫の句がない。「どうして菫の句がないのですか」と聞かれた時、其角は、「菫はどう考えても、〝何やらゆかしい〟で、これ以上の句はできないのだ」と答えたという。「闇の夜は吉原ばかり月夜かな」とか、「鐘ひとつ売れぬ日はなし江戸の春」とか、「あれ聞けと時雨《しぐれ》来る夜の鐘の声」などと、ほとんど傍若無人のような感じのする句を作る人が、菫には参ってしまったというのが面白い。

この其角について言えば、彼にはこんな句がある。

梅が香や隣は荻生《おぎゅう》惣右衛門《そうえもん》

荻生惣右衛門、つまり荻生徂徠《そらい》は京都の伊藤仁斎と並んで当時一世を風靡《ふうび》した漢学者であり、学問だけでなく、五代将軍綱吉の老中上座という権力者柳沢吉保に仕えていたから、世俗的にも羽ぶりがよかった。その徂徠と其角は隣合せに住んだことがある。それで梅と徂徠と自分とを三題話のように並べたわけであるが、その取り合せがよいのだという人もいる。これに習って誰かが（中村真一郎だった気がする）次のような句を作った。

梅が香や隣は西脇順三郎

梅の香と、西脇の詩人としての稟質《ひんしつ》や権威（日本現代詩人会々長・藝術院会員）が合うというのである。その隣に誰が住んでいるかは言われてなかったと思うが、この句の作者ではなかったようだ。梅の香と西脇のイメージがよく合っているという人である。菫とは誰が合うだろうか。

（※　二〇一二・四）

豊かな天分に恵まれた女流作家 吉屋信子

吉屋《よしや》信子という作家を知っている若い人は少ないと思う。しかし戦前の少年が名前を知っていた女流作家と言えば、唯一彼女ぐらいのものだったのではなかったろうか。今では樋口一葉が五千円札の肖像にもなって有名だが、当時、私の周囲にはその名前を知っている人は国語の先生ぐらいであったろうし、その作品を読んだことのある同級生は一人もいなかったと思う。しかし講談社の雑誌を読む少年少女で吉屋信子の名前を知らない者はなかったであろう。私はその愛読者ではなかったが、姉の持っている少女小説ぐらいは読んだことがあった。

彼女は雑誌『キング』のグラビアにもよく出ていた。いつも洋装でベレー帽をかぶっていたような気がする。そしてゴルフをやっている姿の写真も見たことがある。美人とは思えないので、それが理由で独身なのかな、などと姉と話したこともある。

それぐらいの知識、つまり名前と写真ぐらいの知識しかなかったこの女流作家の才能に驚嘆し、その方面の著作を読むきっかけになったのは、『底のぬけた柄杓《ひしゃく》――憂愁の俳人たち』（新潮社・昭和三十九年）であった。大学で教え始めて数年経った頃であろうか。俳句や俳人には以前から興味があったので読み出したのだが、まずその冒頭の「私の見なかった人」と題する杉田久女《ひさじょ》の伝記に舌を捲《ま》いたのである。杉田久女という俳人を私はそれまで知らなかった。高浜虚子《きょし》に「あの人は日本で男の俳人の中でも一、二を争う才能を持って居りました」と言わせた才女を、いな天才的女流俳人の才能の輝きとその憂愁を、このように見事に描いた吉屋信子の才能に私は驚いたのである。杉田久女の気持ちが読んでいる私にまっすぐ伝わって、しばらく呆然《ぼうぜん》とし、自分にも久女の「憂愁」が伝染してきたのであった。

久女はお茶の水高女を出た才媛《さいえん》で、東京美術学校（今の芸大）の洋画を出た画家と進んで結婚する。この画家は三河の山奥の素封家《そほうか》出身で野心のない人であった。九州の中学の図画の教師で満足している。久女は夫に頑張って帝展にでも出品してもらいたいのだが夫にその気はない。地方の中学の教師の妻――よき母ではあったようだ――として生活しているだけで満たされぬ気持ちを、

足袋《たび》つぐやノラともならず教師妻

という句にしている。また大阪毎日、東京日日両新聞の応募句十万の第一位に選ばれたような風物句も作っている。才能と境遇の不適合で発狂に至るこの才女の生涯を、鋭く、しかも暖かい目で見透した古屋信子の天分はさすがであると思った。

これに続く他の俳人についても古屋信子の描く伝記はみな感動的だ。尾崎放《ほう》哉《さい》についても最初の伝記の一つと言ってよいのではないか。そして描いた十人の俳人の憂愁を読む者に伝えてくれているのである。彼女が書いた伝記は俳人についてだけではない。この俳人の伝記集とほぼ同じ頃、『朝日新聞』に連載した五十人に近いさまざまな分野の人たちの小伝記集もある。(『私の見た人』

朝日新聞社・昭和三十八年）

ここでびっくりするのは、古屋信子の父親と足尾銅山鉱毒問題の田中正造との関係である。彼女の父親は地方の下級官吏《かんり》として田中正造を相手にしなければならない貧乏籤《くじ》を引かされていたのである。田中正造という〝英雄〟の相手をさせられた郡長の吉屋雄一――信子の父――の一家にもその悲劇があったのだ。事件のこんな面は彼女が書いてくれなかったら誰も知らないまま歴史の中に消えて行ったことであろう。

この小伝記集は戦後二十年も経たないうちに書かれたものなのに、彼女が戦地への慰問団に出かけたりして偶然知り合った軍人たちに対する筆致が実にやさしい。沖縄戦の参謀長であった長勇《ちょういさむ》少将の名前を知っているのは私の世代がほぼ最後である。この軍人に対する記述は、皇軍健在なりし頃の日本のエリート将校の姿を描いてくれて貴重である。戦前の日本軍の将校は日本男子の華《はな》の華であったのだから、あるがままに描けば魅力的な男性になるはずなのだ。

戦後しばらくの間は、軍人、特に陸軍軍人は悪口の対象になることが多かった。しかし戦前において突出した女流作家吉屋信子は戦後も靖国神社を参拝し、かしわ手を打つと「チョーサン　チョーサン」とひびく気がしたと書いているのだ。

また吉屋信子には『自伝的女流文壇史』（中央公論社・昭和三十七年）という傑作がある。彼女は戦前ダントツに人気のあった女流作家であったから、彼女のまわりにはいろいろな女流作家が現れる。借金を申し込む人、踏み倒す人などがいる。女性作家を見る吉屋信子の目は、意地悪ではないが鋭い。文壇史であるから作品よりは人間関係が主である。男には絶対書けない文壇史になっているのだ。そして各女流作家の横顔やら裏顔がよくわかる。おかげで私はこの人たちの小説を読む気をなくしたのが収穫（？）であった。

（※　二〇一二・五）

小・中学でも大学でもよい老先生に恵まれた

敬意と関心は今も続き、縁あってお会いできた
老人たちに感謝。

土橋　八千太
(1866～1965)

(「上智大学史資料集」より)

母が忙しかったので、私の幼年期は祖母と一緒だった時間が多かった。祖母は若い時に目に怪我をして字を読むことはできなかった。だから祖母の知識はほとんどすべて耳から聞いたもの、出羽《でわ》の山奥の伝承であった。今から考えると幼児に何という露骨なセックスの話をしてくれたのだろうと思う。

しかし考えてみるとそれは『古事記』に出てくるセックス関係の話と通底しているところがあるようだ。つまり古代の人たちとその後の人たちとのセックスに関する感受性が違ってきているような気がする。子供の私はそういう話を聞いても、卑猥《ひわい》感はなかった。おそらく『古事記』の時代の日本人の感性に近かったのであろう。

そんなこともあってか、私は老人が好きであった。小学校の低学年の時の担任の教師は、士族の誇り高い若い女性であった。私はこの先生からは嫌われていたという印象を持っている。その頃は登校拒否など聞いたことがなく、私もいやいやながら学校に通っていた。ところがこの若い女教師は妊娠し、しばらく代りにお婆さんの先生がクラス担当になった。この時は私は学校に行くのが楽しくてたまらなかった。しかし何週間か何か月後かに前の若い先生が再び担任としてもどってきた。その時の暗い気持ちを〔七十五年〕も経った〔今〕でも覚えている。

子は親に似るというが、私の長男は小学校の頃、担任の先生が若い女性の時は相当問題児扱いにされていたと見えて登校をいやがる風なところがあった。しかしそのうち担任が年輩の女性、つまりお婆さんになると嬉々として登校するようになった。

私は中学に進んだ時、若い英語の先生に〝睨《にら》まれて〟退学を強要されたこともあり、英語は当然嫌いであった。ところが戦争が終ると英語の先生が不足して、とっくに隠退していた老人の先生、つまりお爺さんの先生が教壇に立つことになった。その中でも二人のお爺さんの英語の先生は、揺るぎない実力を持っておられることが感じられた。お二人とも東京高等師範の卒業生で、日英同盟の時代の東京で、岡倉由三郎《よしざぶろう》とか、石川林四郎《りんしろう》とか、そういう大学者たちに鍛えられたのであった。特にそのうちのお一人である佐藤順太《じゅんた》先生には心服して、このような老人になりたいと思った。それで私は英語を専攻し、教師になり、書斎の中の老人として一生を終えようとしている。高校を卒業する時に佐藤先生のようになりたいと思ったのが私の〝立志〟であった。

大学に入っても私は老先生たちが好きだった。文科系では一般に若い先生よりは老先生の方が学問が博《ひろ》くかつ深いことが多い。それは読んだ本の量も考えた時間も、老先生の方が多いのだから当然と言えば当然だ。その中でも忘れ難いのは土橋八千太《つちはしやちた》先生である。戦時中に上智大学の第三代の総長をしておられた方で、フランスに留学して天文学、数学を専攻、後にパリ天文台、ツールーズ天文台に勤務されていたイエズス会司祭である。フランスの天文台の後に上海に来られて、そこのカトリック大学で教えるかたわら、上海天文台の副台長もされたという珍しい経歴の方であった。私の学生の頃に諸橋轍次《もろはしてつじ》博士の『大漢和辞典』を校閲し、数十か数百の誤記を指摘されたということで当時の新聞で話題になったこともある。この老先生が「『ガリレオ裁判』（地動説を否定した宗教裁判）は不当でなかった」という主旨の本を出版なさっていたことが、直接お会いして質問したいと思った私の動機であった。先生は高齢であられたはずだが、頭脳明晰・言語的確であり年齢を感じさせなかった。そのおかげで私はコペルニクスについても考え直し、今では天動説に拠《よ》って生活している。

その後は私も停年になったが、私よりも更《さら》に年上の老人に対する敬意と関心は今も続いている。出版社の御好意で、漢字学の白川静《しずか》先生、医学（呼吸法）の塩谷《しおや》信男先生、分子栄養学の三石巌《みついしいわお》先生、キリスト教哲学の中川秀恭《ひでやす》先生などなど、九十歳を越えても活躍されておられた大先生たちと対談をする機会を与えられたことは私の大なる幸せであった。どの方もその生き方や長寿の工夫は違っていながらも、どこか昔から言われる聖人・高僧のような風格が感じられたものである。幕末の頃に当時第一等の儒学者と言われた佐藤一斎《いっさい》は、「長寿の老人が寿命を使い盡《つ》くして、これという病気のなく死ぬ場合は、死を安んずる聖人の臨終と違《い》ひはない」という主旨のことを『言志録《げんしろく》』の中に書いているし、更に自分自身も八十歳を越えてから書いた『言志耋《てつ》録』の終りの方に高齢の人は睡《ねむ》るが如く死んでゆくと観察している。高齢の人は、それぞれ悟りのような心境に達しておられるらしく、そういう大先生方のお言葉に、それぞれ違っていても教えられることが多かった。自分も「耋」（八十歳）の老人になったが、縁あってお会いできた老人たちに感謝している。

（※　二〇一一・六）

超高層ビルの最上階まで水洗便所が設置されているのだ

関係者の努力を考えて感謝の気持が起きる。

隅田川にかかる佃大橋から見た集合住宅群

日本は〔この二十年〕、不況続きだと言われてきた。ところが〔最近〕読んだアメリカの雑誌によると、この二十年間に日本で建てられた高層ビルの数は、同じ時期にアメリカ全土で建てられたものよりも多いとのことである。日本がバブル崩壊以後の長いデフレに苦しんでいた間、アメリカは住宅バブルの好景気で、アメリカは資本主義でなく建築主義の国だと言われていたのである。もっともリーマンショックで変ってしまったが。

それにしても好景気時代のアメリカよりも、デフレ不景気と言われていた日本の方が、より多くの高層建築を建てたという指摘には一寸《ちょっと》驚いた。そう言えば東京にはそれまでなかったところに大きく高いビルが続々と建っている。高層ビルは以前はタクシーなどを頼む時の目標として便利だったが、この頃では大きなビルが多すぎて目標にはならなくなった。

そうした大きな高層ビルを見る度に私には一寸変なことが頭に浮ぶ。それはその高いビルの一番上の階まですべて水洗便所だということである。一回の用便で流す水の量は決して少なくない（それは地震で断水した時に経験した人も少なくないはずだ）。大きなビルではいつもドドドー、ドドドーと大きな滝のように水が流れ続けているのではあるまいか、と思ってしまう。

それで驚いてしまうのだ。私が若い頃には東京では時に断水騒ぎや節水要請があった。その頃は高層ビルの数もうんと少なかったし、水洗便所も普及していなかった。私は今から〔五十数年〕前に練馬区に住み始めたのであるが、子供たちが言う「ウンチのブーブー」が来たあとでは、冬でも窓を全部開いて空気を入れ換えないといけなかった。そして水洗になった時の家内の喜び様も思い出すことができる。

こんなに高層ビルが沢山建っても全部に水洗トイレを設置できるのは、東京都のその方面の担当者たちの努力であろう。水道が断水しなくなったのもその担当者たちの努力であろう。私は高層ビルを見る時、たまにこんなことを考えて、それを可能にしてくれている人たちに感謝の気持ちを起すのである。

断水がなくなったと言えば停電もなくなった。戦後しばらくはひどかった。現在あれだけ高層建築が建てば電気の需要増加も大変なものであろう。ニューヨークでも大停電《ブラックアウト》が報じられることがある。日本も高層ビルのみならず高度経済成長に伴って電気の需要も物凄く伸びたはずである。しかし福島の原発事故直後をのぞけば、東京で停電はほとんどなく、高層建築は建ち続け、水洗トイレからは水が流れ続け、その水を押し上げるポンプの電気も停まっていない。

空気と水は昔からそれなくしては生きていかれないものとされてきた。しかしその水も昔のように釣瓶《つるべ》井戸だったり清水だったりすることは稀だ。私の祖母の生家は山の中なので、今でも台所の炊事の水を山から引いている。しかし日本人の大多数が住んでいる都市部では水は電気と同じように供給されている。われわれが生きて行くためには、食物のほかには、空気と水と電気が欠かせない。

このうち水は日本では昔から心配する必要のないものとされてきた。何しろ国土の七、八割が山で、山からは飲める水が流れてくる有難い島だからである。ところがその水は国際的にはひどく貴重なものになっているようだ。〔十年〕ほど前に郷里の月山《がっさん》の麓《ふもと》の町で、国際的水シンポジウムがあった。その時、故・横山万蔵町長は、開会の挨拶の壇上にボトルを二本立てた。一本には月山水、もう一本には石油。「どちらの値段が高いと思いますか」と彼は聴衆に問いかけた。答えは月山水である。人造の月山湖は巨大なものだ。そこの水を飲料水として売り出しているものの方が、中東から運ばれてくる石油よりも値段が高いのだ。その晩、原泉かけ流しの風呂に一緒に入ったイスラエルの外交官は本当に日本が羨《うらや》ましいと言った。「自分の国では水をトルコからタンカーで輸入しているのです」と。

〔今〕から七十年前、旧制中学で東洋史の時間に、古代シナで聖人とされている舜《しゅん》が禹《う》に位を譲ったのは、禹が黄河の流れを防ぐ仕事に成功したからであり、この禹が夏《か》という王朝を始めた、と教えられた。その時、黄河の治水を行うことが古代帝王の資格であったとも習った。

ところがその黄河も、今は断水続きだという。それでも農業地帯では井戸を掘って灌漑《かんがい》しているのだが、その井戸もだんだん深く掘らなければならなくなっていて、大農業地帯で農業ができなくなるかもしれないという報道もある。そんな時に私は水の豊かな日本の国土の有難さを思い、その水を高層建築のトイレにまで運んでくれる水道と電気の関係者に感謝するのである。

（※　二〇一一・七）

〝たのしみは孫八人が集りて話しできぬほど騒ぐ時〟

幕末の頃の歌人　橘《たちばなの》　曙覧《あけみ》の和歌に、「たのしみは」で始まるものが五十首ぐらいある。いろいろな「たのしみ」をあげてあるので、思わず笑ってしまうようなものも少くない。

たのしみは　つねに好《この》める焼豆腐《やきどうふ》
　うまく烹《に》たてて食はせけるとき

この「焼豆腐」のところに「小鰈《こがれい》を」とか「牛肉を」を入れれば、自分の歌にすることができる。また、

たのしみは　まれに魚《うお》烹て　児等皆《こらみな》が
　うましうましといひて食ふ時

などという情景はいつの時代でも好ましい。彼には男の子三人と女の子三人（二人は生後すぐ死に、一人は夭折《ようせつ》）がいた。「うましうましといひて」などという表現は今でも新鮮だ。また、

たのしみは　とぼしきままに人集《ひとあつ》め
　酒《さけ》飲《の》め物を　食へといふ時

この歌は彼が孤高の人でも偏屈な人でもなく、人柄のよい人であったことを偲《しの》ばせる。確かに彼は門人も多く、北陸に国学を復興させるほど人望があった。藩主から禄米《ろくまい》十俵を与えられていたから、豊かではないにせよ極貧でもなく、門人たちなどと楽しく飲み食いして語り合ったであろう。古代ギリシャならさしずめシンポジオンというところだ。

彼は学者でもあるから、その「たのしみ」もこうした日常的なことばかりではない。たとえばこんなのもある。

たのしみは　世に解《と》きがたく　する書《ふみ》の

心をひとり　さとり得《え》し時

難解な本、あるいは解釈が諸説ある本を読み返しているうちに、「これこそが本当の意味だ」と実感することが私にも何年かに一度ぐらいはある。その時は今まで偉いと思っていた学者の説でも「それは違う」と思うことができる。曙覧の言うように「さとり得た」という感じで、まことに嬉しいのである。また、

たのしみは　そぞろ読みゆく　書《ふみ》の中《うち》に

我とひとしき　人をみし時

これは本を読んで「同感」という時のことで、本好きの人は誰でも体験することであろう。

ところで私が今頃に橘曙覧の歌集を書庫から取り出したわけは、蔵書の整理中に佐藤正能《まさよし》先生の歌集三冊を久しぶりで読み返す機会があったからである。佐藤先生は私の郷里の御出身の方で、私がお目にかかった頃は横浜国立大学の

ドイツ語の教授であられた。私が大学生の時に郷里の育英会の奨学金の貸与を受けることになったが、その奨学金千五百円は、隔月に佐藤正能先生から直接戴く条件になっていた。佐藤先生は郷里出身の学生の寮である荘内館の監督をなさっていたのである。荘内館は先生の御父君で「鉄道会計の親」とも言われる佐藤雄能《ゆうのう》先生が戦前に郷里出身の学生のために建てられたものである。私は二月に一度、正能先生にお会いし、ちょっとばかり近況の話をしてお金を戴いて帰るということをやっていた。奨学金を有徳の学者から直接戴き、その謦咳《けいがい》に接するというのが郷里奨学金制度の目的でもあった。そして私はここで本物の人格者といえる人物に接する機会を得たわけであるが、それは私の人生の大なる幸せであった。

先生はドイツ文学者であると共に歌人でもあり、私もその歌集を三点持っている（もう一冊はどうしても手に入らない）。先生の歌はまことに平明で先生のお人柄がよく出ているのだが、その中に「たのしみは」で始まる歌が何首もあるのである。先生は読書家であられたから、本に関するものが何首かある。

たのしみは　朝刊広告に見し本を
　帰途《きと》の本屋に見出《みいで》たる時

先生は知識欲が旺盛であられたのである。

たのしみは　よき本を得て　読み耽《ふけ》り
　零《れい》時になるも気づかざる時

これは私もしょっちゅう体験していることだ。これに関係して、

東京を　よしとする点ただ一つ
　ほしき本　すぐ手にはひること

これは確かに東京に住む人間の特権だ。

たのしみは　孫八人が集りて
　話しできぬほど騒ぐ時

わが家は孫五人だが、よくわかる。また先生は勤勉な教師であられたから

「たのしみ」も学校や学生に関するものがある。

たのしみは　読み返しても　満点の
　答案を遂《つい》に　見出したる時

これも私にはよくわかる。またいかにも勤勉篤実《とくじつ》な先生を示すものに、

たのしみは　欠勤なしに一年を
　送りて　終業の　ベルを聞く時

があり、また、

たのしみは　八階図書部で　本を買ひ
　九階食堂で　鰻《うなぎ》食ふ時

というのもある。最近の私が繰返し唱えている一首は次のものである。

死は生の　終りにあれば　よき生を
　送る以外に　よき死はあらじ

（※　二〇一二・八）

子供にとっては、世話という世話を総《すべ》て母に
やいて貰《もら》う位《ぐらい》、得意なことは他にあるまい
私が育った頃も女性たちは限りなく、あるいは
底無しにやさしかった。

キューゲルゲンの『一老人の幼時の追憶』（上中下三巻・岩波文庫〔原題『生ひ立ちの記』〕）の中で次のような一節に出会った。

「凡《およ》そこの世の中で子供にとっては、世話という世話を総《すべ》て母にやいて貰《もら》う位《ぐらい》、得意なことは他にあるまい。少くとも私にとっては、母自身で私に衣服を着せてくれたり、寝かしてくれたりすることが非常な愉快であった。」

この人は十九世紀のドイツの有名な画家であるが、彼の『生ひ立ちの記』を手にしたのは偶然のことであった。先日たまたま田中耕太郎博士（東大法学部教授→文部大臣→最高裁判所長官）について確かめたいことがあって、その自叙伝を読み直したのである。前に読んだことがあるのに、その画家についての記述は少しも記憶に残っていなかった。そして今回読み返した時にどうしてもこの画家の『生ひ立ちの記』を読んでみたいと思う気になった。というのは田中耕太郎という偉い人が、青年時代から三十年近くもその翻訳《ほんやく》にかかわっていた本だからである。この原書は田中たちが第一高等学校時代に、岩元禎《てい》というドイツ語の先生から講読の授業を受けたのだという。岩元という学者は漱石の『三四郎』に出てくる先生のモデルだと言われた人である。著述はほとんどないが、授業が厳しく、多くの学生たちを落第させるので有名だったという。しかし田中とその友人の三人の学生たちは特に優秀だったらしい。そしてその四人が東大法学部の学生時代に協同で訳して出版した。初版は森鷗外が助言や一部の補正をし、新渡戸稲造が後援し、美術史家の矢代《やしろ》幸雄が装幀したという。しかし誤訳や悪文があったので再版を約十年後に出し、更《さら》にそれから十三年後に、誤訳や不適訳を訂正して岩波文庫に入れたのである。その間、最初の共訳者が亡くなったりしたので、終始責任をもって改訂を続けたのは田中であった。

田中耕太郎という私の尊敬する人がそれほど執着した本、しかも岩元禎が教室で使った本ということで、是非《ぜひ》読みたくなった。幸いに岩波文庫三巻はネットでたった千円で、まっ更《さら》なものが手に入った。それを携えて伊豆の断食サナトリウムで読み始めたらやめられないほど面白い。二十世紀最初の二十年ぐらいの間のドイツの上流階級の家庭生活が生き生きと描かれている。そして第一次大戦頃までは、この本はドイツで広く読まれていたという。

キューゲルゲンの母親は、上流階級――名前に「von」がつくので貴族と言ってよい――の女性で、召使いや奴隷の少女までいる身分なのに、子供の世話をよくやった。キューゲルゲンの回想によれば彼の母は「大変教養のある若い婦人で、気高い容貌と、明るい才気溢るる眼と、房々《ふさふさ》した極《ご》く美しい金髪とを持っていた……身体は中背で、善く釣合の取れた人であった」という。絵画の才能もあったが、自分の描いた絵は家人の外《ほか》は誰も入らない寝室や子供部屋に飾られていたし、ハープやピアノも演奏したが、それは家族のためだけだった。「母の努《つと》めたところはただ良妻賢母たらんとすることのみで他に名誉を求むるやうなことは少しもなかった。母は絶えず甲斐々々《かいがい》しく子供の世話を焼いていた……」

この本がドイツの家庭でよく読まれていたという理由はよくわかる。今から半世紀以上も前に私がドイツに留学していた頃、よくドイツの家庭に招かれたが、そこの主婦たちは、城持ち貴族から普通の市民階級まで、ここに描かれているキューゲルゲンの母のようなタイプの人ばかりだったような印象が残っている。大学にはまだ一人の女性の教授もいなかった。それが帰国して約三十年後に私が名誉博士を贈られた時の学長は女性だった。そして今のドイツの首相はメルケル女史だ。社会がものすごく変ったのである。アメリカや日本だけではないのである。

日本でも私が育った頃の母親たちはキューゲルゲンの母と似たところがあった。夜寝る時、必ず掛けぶとんを掛けてくれるのは母だった。時には母の代りに十歳年上の長姉がやってくれた。冬はこたつで暖めておいた敷布を敷いてくれた。吹雪の朝、小学校に行く時は、マントや長靴など、万全の仕度を母にしてもらった。また風呂に入る時は、必ず母か姉か、泊りに来ている親類の女性が背中を流してくれた。〔今〕、八十二歳の老人として懐古すると、あの頃の女性たちは限りなく、あるいは底無しにやさしかったように思う。母も姉も伯母・叔母たちも、みんなそうだった。というようなことを〔三十年〕ぐらい前に書いたところ、私を糾弾する学生運動の学生たちに、大きなタテカンに、「自分一人で風呂にも入れないような奴」と書かれてしまった。今から考えると、あの学生たちはやさしい女性たちに囲まれて育つという幸福を知らなかったのだろう。

（※　二〇一二・九）

食べ物や飲み物に余計な干渉をするクセがアメリカの行政府には昔からある

「ああ、またか」という記事が目についた。それはアメリカ・カリフォルニア州でフォアグラを禁止する法律が施行されたというのだ。その理由はフォアグラの材料となるガチョウの飼育の方法が、「動物愛護」にそむくからだという。これは西海岸での話だが、一方、東海岸のニューヨークでは、ブルームバーグ市長が、ビッグサイズの砂糖入り飲料の販売を、映画館やレストランで禁ずる方針を発表したという。その理由は「市民の肥満防止」のためだという。

このように食べ物や飲み物に余計な（と私には思われる）干渉をするクセがアメリカの行政府には昔からあるのだ。その典型的な例が一九二〇（大正九）年から発動された禁酒法《プロヒビション》である。これは憲法まで変えて、つまり米国憲法修正第十八条として、酒類の製造、販売を禁止する法律を作ったのである。当時イギリスの最も人気のある評論家であったG・K・チェスタトンは、この頃アメリカ各地で講演旅行をやっているが、どこへ行っても「禁酒法をどう思うか」とアメリカ人の聴衆にきかれたと記している。

その結果はひどいことになった。一九三三（昭和八）年に憲法修正第二十一条によって廃止されるまでの約十三年間に、特別の利益を得たのはマフィアであったとされる。それまでのマフィアは、ニューヨークのイタリア人街などの顔役程度のもので、アメリカの一般社会には関係ないものであった。それが大胆な違法行為によってもうけて、一種の大財閥を形成するに至り、政治をも動かす勢力になったのである。映画の「ゴッドファーザー」はそのあたりのこともわかるつくりになっている。

マフィアはイタリア人であるから、酒類が悪いという発想がそもそもないのだ。イタリアに限らず、南欧はワインの産地だ。それから造る蒸留酒にも高級なものがあり、北欧人がジンなどの安酒に持つ感覚と違ったものがある。おそらくマフィアは、法律にそむくことは知っていても、心の中では、「そんな法律を作るプロテスタント野郎どもが悪いんだ」と思っていたのではなかろうか。カトリックでは酒が悪いという発想は出てこないだろう。もちろん飲み過ぎはよくないとされるが。

アメリカでは捕鯨反対の勢力が強い。日本人からすれば「勝手なことを言いやがって、いい気なもんだ」ということになる。日本人は大昔から鯨を食用としてきた。どこの民族でも自分たちの食糧になる動植物を絶滅させるようなことはしない。ところがアメリカ人は鯨を食わずに、鯨油を採るため、文字通りの濫獲をしたのである。日本近海には鯨の群がうようよしていた。それを捕っては油を絞り、あとは海に捨てたのである。その国民が太古より鯨を食べ、鯨の供養までしてきた日本人を、「動物愛護」で非難するのだから、「いい加減にしろ」と言いたくなる。

アメリカ人は自然発生的に生じた法習慣による立法の時間がなく、独立宣言し、成文憲法を作った。とにかく憲法も法律も「作る」ものであって「できる」ものでなかった。「作る」ためにはその時の多数決さえあればよい。多数決を得るためには、あらゆる宣伝や工作が行なわれるのである。〔最近〕では喫煙が「健康に悪い」ということで、喫煙を制限する法律が続々と成立した。肺ガンのもとになるという主張が強かった。そして禁煙は進んだが、肺ガンの発生率はずっと右肩上りに増えている。つまり関係がなかったということになる。

禁煙の推進は私にはむしろ有難いことである。私も家内も煙草を吸ったことはない。しかしそれとは別に、煙草の文化というのもあったのではないかと思う。ある説によると、ヨーロッパ人の頭の働きがよくなったのは、近世初頭に煙草が（それと共に梅毒もだが）普及してからだという。そう言えば私の愛読するような本を書いたイギリス人はたいていパイプをくわえていたような印象を受ける。チャーチルなどは、葉巻とシャンペンなしにその姿を思い浮べることが難しいくらいだ。

ではその頃、煙草を吸わない人は、迷惑でなかったろうか。やはり迷惑だったのである。昔のレディは葉巻など吸わない。ところが男たちはたいてい食後は葉巻にブランデーだ。そこでレストランでは――また大きな邸宅では――、食事がデザートになると、男共《ども》はスモーキング・ルームに移ったのである。私が最初留学した五十年代はもちろん、八十年代のはじめ頃までは、少し高級なレストランでは、デザートかコーヒーになると、部屋を移った。スモーキング・ルームを最後に体験したのは、地中海で豪華な客船に乗った時で、古き（男にとって）よき時代の名残りがあって嬉しかった。私自身には関係ないのに。禁煙の推進は、その煙の嫌いな人のためである。分煙の場所さえあればストレス解消にもボケ予防にもよいのではないか。分煙の場所がマンションのベランダであるにせよ。

（※　二〇一二・一〇）

時間の流れを実感——十年前にいなかった孫がその後四人もいる

いつもなら油蟬がうるさい頃にやってきて、ミンミン蟬やカナカナ蟬が鳴き出す頃にスイスに帰る孫娘が、〔今年〕の夏はやってこなかった。毎年のことなので、孫娘と蟬の音は私の中でいつも連想されるものになっていたから、ちょっと物足りない夏であった。

というのはこの孫娘も、いつの間にか大きくなって、〔今年〕はスイスのマテュリテの試験を受ける年齢になったからである。スイスでは高校の最後の二年にわたって一種の国家試験が行なわれる。これがマテュリテと呼ばれ、フランスのバカロレアやドイツのアビトールに相当するという。簡単に言えば高校卒業試験であるが、これにパスすればスイスのどの大学にも無試験で入学できる。

〔今〕から六十年近く前にドイツに留学した時に私が驚いたのもドイツの高校（ギムナジウム）の卒業試験制度、つまりアビトールを聞いた時であった。当時ドイツには私立大学がなく、大学の数も少なく規模も小さく、昔の日本の帝国大学みたいな感じであったが、大学入学試験はなく、高卒試験、つまりアビトールの試験に通ってさえいれば、どの大学のどの学科にも無試験で入れて、また入ってから他の大学への転学も自由と聞いてびっくりしたものだった。

〔今〕から十年ぐらい前には、日本からのお土産に、百円ショップで買った蝿《はえ》叩《たた》きを喜んでスイスに持って帰ったあの小さい女の子が、アビトールに相当する国家試験を受ける年頃になったかと思うと感慨無量である。〔今年〕の正月に帰ってきた時は、背も私と同じぐらいになっていた。私は日本人としては普通の一七〇センチであるが、いつの間にか孫娘はスルスルと伸びてやはり一七

○センチだという。私と違うところは、私は下腹が出てきているのに対し、鉛筆のように細いことである。その孫娘が一生懸命に数学やらラテン語やらの勉強をしている姿を思い浮べると、パスカルではないが「考える葦《あし》」のイメージが浮んでくる。

このコラムを書かせていただくようになってから十年も経つという。その十年間で身辺で何が変ったかを考えてみると、空間にかかわるものだけが、その十年間の時間の流れを実感させてくれる。自分自身で言えば、病気もしたし、老化が進行していることを感ずることも多い。しかし目につくほどの変化はない。白髪が少し増えたかも知れないが、禿《はげ》とは縁がなく髪はうるさいほどふさふさしているので、本を読んだり、物を書いたりする時は、若い頃と同じように手拭で鉢巻きをしている。散歩もやや重荷になったが、昔の散歩距離を少し減らした程度で続けている。家内も特に白髪が増えた様子もない。眼だけは老眼鏡が必要になっている。

ところが空間に関するものはその変化が実によくわかる。〔数年〕前たまたまスーパーで買った小さな鯉が、〔今〕では三〇センチ以上になっているし、前からいた鯉は大鯉になっている。この頃は鯉を卵から孵化《ふか》させることはやめているが、その時は一年の差も鋭く感じたものだった。

しかし何と言っても無から有になったものほど大きな空間的変化はない。例の孫娘が、毎年帰国するたびに身長が伸びるのに驚いたものだった。しかしこの子は〔十年〕前も小さいながらすでに存在していた。ところが〔十年〕前にいなかった孫が、その後四人も生まれたのである。これこそ無から有の空間的奇跡みたいなものである。長男も次男も私の家から散歩の距離、車なら十分足らずのところに住んでいるので、この四人の孫たちは母親たちと共にしょっちゅう私の家にくる。公園の側だという便利性もある。この孫たちの遊ぶ姿を見て、私は時に感慨に耽《ふけ》るのだ──〔十年〕前にこの子たちはこの世に存在していなかったのだと。時間は流れているうちに、その姿をいろいろな空間に変えてわれわれに見せてくれるのではなかろうかと。

哲学では時間と空間は大きな問題だ。カントはすべてわれわれが認識できることは時間と空間を経るので、物自体《デング・アン・ジッヒ》はわからないと言ったが、それは受精卵が赤ん坊になり、空間的に育って少年・少女になる現象とどうかかわるのか。成長という現象とは明らかに時間と空間の本質的な関係を示すのだが。

そのほか私のまわりを見て変ったことは、やはり空間的なことになるが、買って「積んどく」本の山が、じわじわと大きくなっていることである。またその脇で、私自身の著書もここ〔十年〕の間に相当な山になっている。この十年間も購書と著書は休まず進行していたことを、本の山は空間的に示している。

かのハーバート・スペンサーは、晩年に多くの自著を――自伝でも二冊本だ――膝の上に置いて、「この重さが孫の重さだったらよかったのに」と言ったという。しかし私は孫を抱いたことはないが、膝に乗せたりはする。

銀《しろがね》も金《くがね》も玉も何せむに
まされる宝　孫にしかめやも

（※　二〇一二・一一）

ヨーロッパでもアジアでも、大陸では
民族が何度か消えてしまったのである

大学を退職してからは自分の教養になるような本を読む時間が増えたことが嬉しい。勤めている時は、専門の本や論文を読んだり書いたりしなければならない上に、授業とか入学試験とかがあって、古典とか、自分の好きな文学書などをゆっくり読む時間がそんなになかったのである。私などは時間的に特別優遇されていたのであるが、それでも「好きな本を読む時間がない」といつも感じていた。

本業についていた頃にはゆっくり読む時間のなかった哲学・思想関係の本も、今では毎日ぼつぼつ読む時間がある。そして妙に小さいことに気付くことがある。たとえば最近プラトン関係の本を読んでいたら、ソクラテスに死刑の判決を下した裁判の陪審員の数に出会った。それは何と五〇一人ぐらいと言うのだ。五百人で裁判をするとは、吊《つる》し上げみたいなものではなかったろうか。

古代ギリシャの文明は、種々の学問のはじまりから政治体制に至るまで現代の文明国にも重要な、いな本質的な影響を及ぼしていることは誰でも知っている。しかしその偉大なギリシャ人はとっくに消えているのだ。ギリシャ文明を広めたアレキサンダー大王もマケドニア人である。

消えてしまったと言えば、ギリシャ文化を継いだとも言えるローマ人も消えてしまっている。塩野七生《ななみ》さんの『ローマ人の物語』にも、その消えてゆくところが書いてある。今のイタリア人も、特に生活水準の比較的高い北部のイタリア人はローマ人の子孫ではない。

高い文明を築いた民族が消えた最近の例としては、清朝を作った満州人――人種的にはツングース人と言われる――の例をあげることができるであろう。十七世紀の半ば頃から十八世紀の終り頃まで、康熙《こうき》、雍正《ようせい》、乾隆《けんりゅう》と三代の皇帝が続いた頃の清の国は、間違いなく世界最高の文明圏の一つであった。その頃のイギリスやフランスの知識人たちも清の文明を仰ぎ見る感じであった。科挙《かきょ》――試験によって高級官僚を選抜する制度――はヨーロッパの知識人にとっては理想の制度に思われた。ヨーロッパの貴族制度は世襲であるから、能力で出世できる清の文明の方が高い文明に思われたのである。

その清の文明を作った満州民族が、私たちの目の前から突如として消えてしまっているのだ。中国革命の後、満州族は方々に強制的に散らされてしまったと言う。現在、満州語を喋《しゃべ》れる人は数えるほどしかいなくなったとか。

ヨーロッパでもアジアでも、大陸では大規模な民族移動や大量虐殺が時々あるから、大文明を作った民族も消えることがあるのである。われわれが古典として重んずる四書五経も、あれは周の民族の文明の産物であった。孔子はそれが消えるのを怖れて編纂《へんさん》事業をやってくれたので、書物として残った。

その周の民族は、われわれも知っている『三国志』の終り頃までにはほとんど消えてしまったと言われている。その後は五胡《ごこ》十六国の時代と言われる。「胡」というのは、蛮族ということだ。五種類もの蛮族が入りこんで十六の国を作るという時代があった。それを再び統一したのは隋《ずい》の国だが、これは鮮卑《せんぴ》族と言われていた種族で、周の民族とは全く違う。その後も大陸ではそういうことが何度かあった。ヨーロッパでもそうであったように。

高い文明というのは、それを創造した民族が消えても、元来は蛮族と見なされた征服民族に受けつがれ、発展することも多い。現在のヨーロッパ大陸の文明国とされるイギリスやフランスやドイツなども、消えてしまったギリシャ人やローマ人の業績を研究発展させることを教育の根幹として国作りをなしとげた。シナ大陸でも同じことだったのである。だから今の中国政府が、孔子などを自分たちの先祖と考えているとすれば、それはヨーロッパ大陸でポーランド人やスウェーデン人がプラトンを自分の先祖だと言うのと同じことになるだろう。

こんなことをゆっくり考えたりできるのも時間があるからである。そうしてみると「日本はやっぱりユニークだな」と思う。神武天皇でも聖徳太子でも、自分たちの先祖と同じ民族と考えてしまうし、それでも差支えないからである。

世界の中で、同じ組織が二千年も続いているのはローマ・カトリック教会と日本の皇室だけだと言われる。マコーレーという十九世紀のイギリスの大歴史家は、自分はカトリックでないのに、「ロンドンのセント・ポール大寺院の廃墟を、ニュージーランドからの旅人がスケッチするような時が来ても、カトリック教会は力衰えずに続いているかも知れない」という主旨のことを書いた。それにならって私は近頃こんな風に言ってみたいと思っている。

「黄河が干上り、北京が砂の下になって、その上をウイグル人が駱駝《らくだ》を引いて歩いているような時代が来ても、東海の蓬莱島《ほうらいとう》の日本では、やはり伊勢神宮の式年遷宮《しきねんせんぐう》が厳《おごそ》かに行なわれている」

（※　二〇一二・一二）

〈参考写真〉

p.86 『サフランの歌』

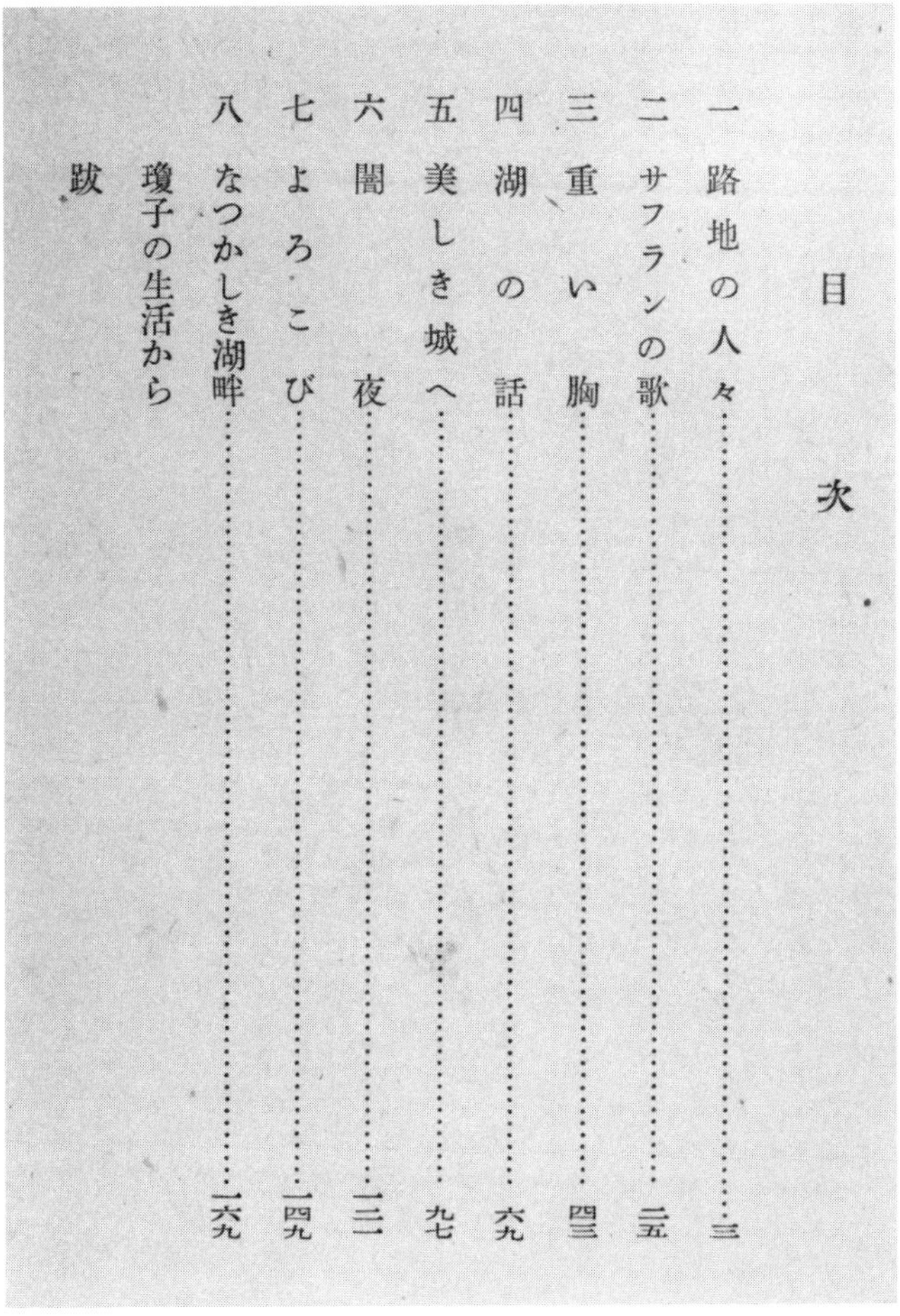

目次

p.104　豊かな天分に恵まれた女流作家 吉屋信子
『底のぬけた柄杓』目次

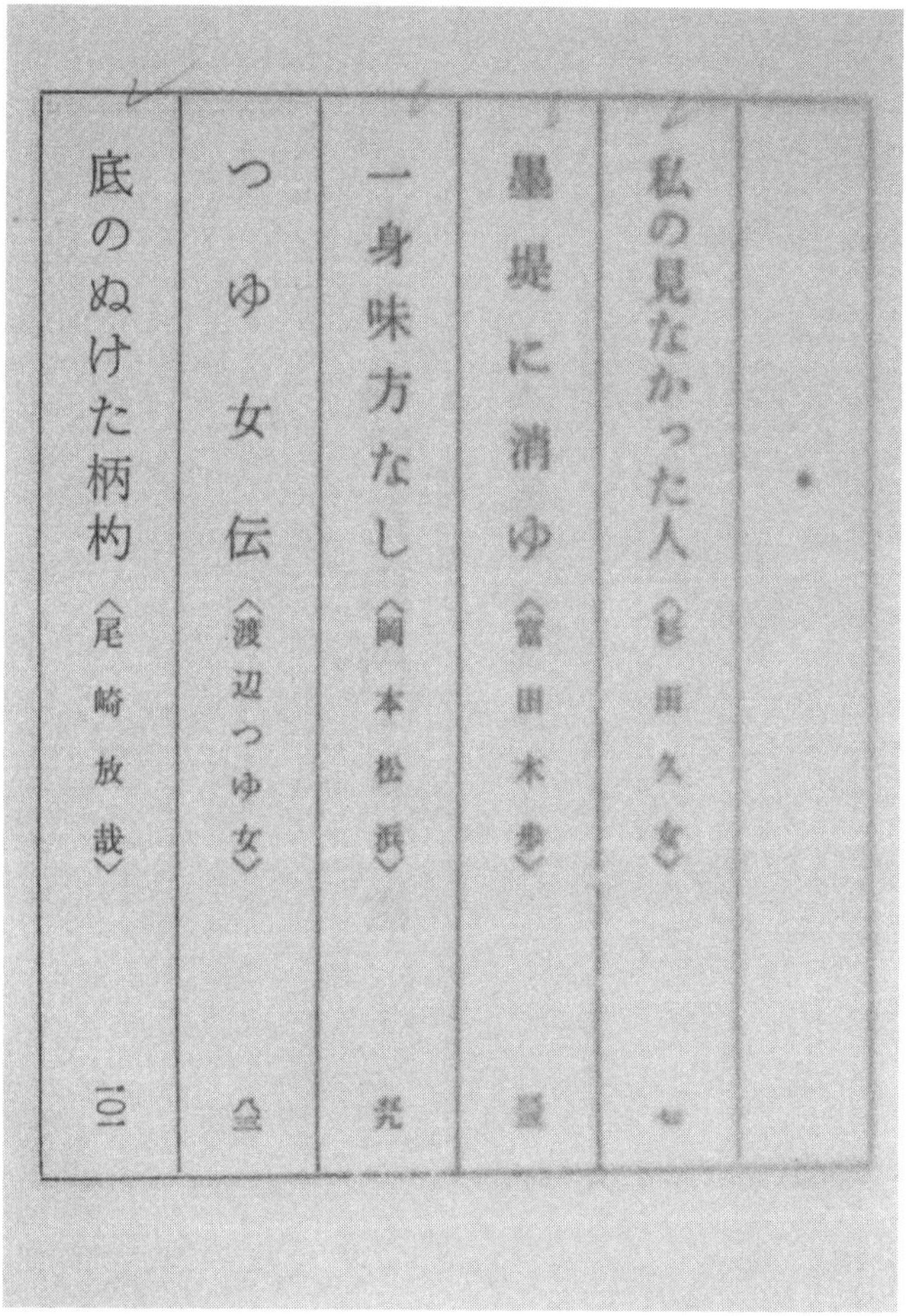

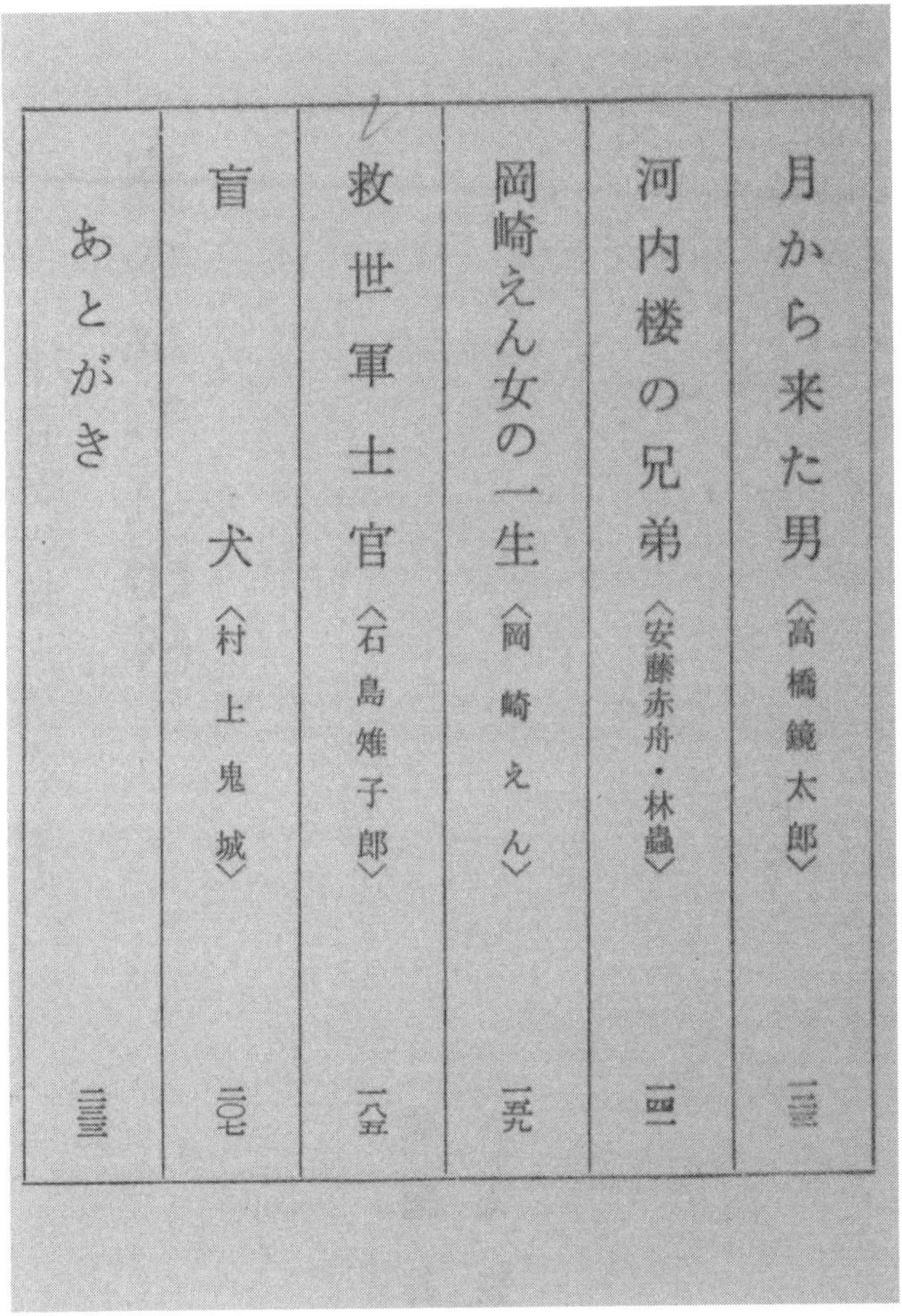

渡部昇一先生略歴

昭和５年（1930）10月15日　山形県鶴岡市養海塚に生まれる。

旧制鶴岡中学五年のとき、生涯の恩師、佐藤順太先生に出会い、英語学、英文学に志して上智大学英文科に進学。

昭和28年（1953）３月（22歳）　上智大学文学部英文科卒業

昭和30年（1955）３月　同大学大学院西洋文化研究科英米文学専攻修士課程修了（文学修士）

昭和30年（1955）10月（25歳）　Universität zu Münster 留学（西ドイツ・ミュンスター大学）英語学・言語学専攻。K. Schneider, P. Hartmann に師事。

昭和33年（1958）５月（27歳）　同大学よりDr. phil. magna cum laude（文学博士…大なる称賛をもって）の学位を受ける。

学 位 論 文：*"Studien zur Abhängigkeit der frühneuenglischen Grammatiken von den mittelalterlichen Lateingrammatiken"*（Münster: Max Kramer 1958, xiii＋303＋iipp.）。これは日本の英語学者の世界的偉業。英語圏で最初の「英文法史」。日本では昭和40年（1965）に『英文法史』として研究社より出版。

昭和33年（1958）５月　University of Oxford（Jesus College）寄託研究生。E. J. Dobsonに師事。

昭和39年（1964）４月（33歳）　上智大学文学部英文学科助教授

昭和43～45年（1968～1970）　フルブライト招聘教授としてNew Jersey, North Carolina, Missouri, Michigan の各大学で比較文明論を講ず。

昭和46年（1971）４月（40歳）　上智大学文学部英文学科教授

昭和58年（1983）４月～62年（1987）３月　上智大学文学部英文学科長／同大学院文学研究科英米文学専攻主任

平成６年（1994）（63歳）Universität zu Münsterより Dr. phil. h. c.（ミュンスター大学名誉博士号）。卓越せる学問的貢献に対して授与された。欧米以外の学者では同大学創立以来最初となる。

平成７年（1995）４月　上智大学文学部英文学科特遇教授

平成11年（1999）４月　上智大学文学部英文学科特別契約教授

平成13年（2001）４月（70歳）上智大学名誉教授

平成27年（2015）５月（84歳）瑞宝中綬章を授与される。

85歳を過ぎた今もさらなる研究活動に励む。

[渡部昇一先生の著書案内]

(一部分執筆参加の出版物は除く。当社発行のものは本書最終頁に掲載)

A. 新刊──「渡部昇一ブックス」11(H27.6.10)掲載分に続く9月迄の新刊
皇室はなぜ尊いのか(2015/5/15 PHP文庫)──〈2011 PHP研究所 単行本
渡部昇一 青春の読書(2015/5/29 ワック)──〈初出:WiLL 2011/7〜2014/1
年表で読む 日本近現代史(増補三訂)(2015/7/10 海竜社)──〈2004初→2009改
かくて昭和史は甦る(2015/7/17 PHP文庫)──〈1995クレスト社→2003 ワック「渡部昇一の昭和史」→2008 ワック「渡部昇一の昭和史(正)」
渡部昇一「日本の歴史」7 戦後篇「戦後」の混迷の時代に(2015/7/27 WAC BUNKO──〈2010初　本当のことがわかる昭和史(2015/7/29 PHP研究所)　戦後七十年の真実(2015/8/10 育鵬社)
渡部昇一の日本内閣史(2015/9/16 徳間書店)

B. 主な一般書(複数社で出版された場合は、その最新の版。★印はシリーズ)
知的生活の方法(講談社現代新書)
人間　この未知なるもの──翻訳(三笠書房・知的生きかた文庫)
腐敗の時代(PHP文庫)　文科の時代(PHP文庫)
ヒルティに学ぶ心術(致知出版社)
萬犬虚に吠える(徳間文庫)　楽しい読書生活(ビジネス社)
紫禁城の黄昏(上・下)──監修(祥伝社黄金文庫)
人は老いて死に、肉体は亡びても、魂は存在するのか?(海竜社)
取り戻せ、日本を。安倍晋三・私論(PHP)
原発は、明るい未来の道筋をつくる!原発興国小論(ワック)
★渡部昇一「日本の歴史」全7巻+別巻「読む年表」(ワック)
★[渡部昇一著作集](ワック)より:日本は侵略国家だったのか──「パル判決書」の真実 / 税高くして民滅び、国滅ぶ / いま、論語を学ぶ / ドイツ参謀本部 /「繁栄の哲学」を貫いた巨人 松下幸之助 / 渡部昇一の古事記 / 日本は中国(シナ)とどう向き合うか

C. 言語関係の著作
英文法史(研究社) / 言語と民族の起源について(大修館書店)
英語学史(大修館書店) / 英語の語源(講談社現代新書)
物語 英文学史──対談(大修館書店) / 英語の歴史(大修館書店)
秘術としての文法(講談社学術文庫) / 英語語源の素描(大修館書店)
イギリス国学史(研究社) / 英文法を撫でる(PHP新書)
渡部昇一 小論集成(上下2冊)(大修館書店)
講談 英語の歴史(PHP新書) / 英文法を知ってますか(文春新書)

編集部奥書

『渡部昇一の着流しエッセイ』は本巻❺で終ります。当シリーズではエッセイをすべて執筆期日順に掲載してきましたが、本巻に限り「健康」に関わる二作品をトップに配置しました。

　また、巻末のエッセイの内容は我々日本人が通常あまり意識しないことですが大変重要なお話ですね。ギリシャでもイタリアでもお隣のチャイナでも、民族は途切れ途切れ。土地は同じでも昔住んでいた民族とは全然別なんですね。そういえば、五百年前の北米大陸には今のアメリカ人、カナダ人は誰一人いなかったですものね。世界には、日本のように同じ所に同一民族が長い年月にわたって住んでいる国はないのですね。

渡部昇一の着流しエッセイ ❺

卵でコレステロール値が上がる？　まさか！［渡部昇一ブックス］12

平成27年（2015）11月13日　初版第1刷 発行

著作者　渡部昇一

発行所　株式会社 広瀬書院　HIROSE-SHOIN INC.

170-8790 東京都豊島区南池袋4—20—9　サンロードビル 603

電話 03-6914-1315

http://www.hirose-shoin.com

発売所　丸善出版株式会社

101-0051 東京都千代田区神田神保町2—17

電話 03-3512-3256

http://pub.maruzen.co.jp/

印刷所　大日本印刷株式会社

© Shoichi WATANABE 2015　Printed in Japan

ISBN978-4-906701-12-4

「渡部昇一ブックス」発刊の趣旨

言論活動が多方面に渡るため渡部昇一先生のことを歴史家、文明評論家、あるいは政治評論家などと思っている人もいるようだ。事実、先生はこれらの分野で第一級の仕事をしておられる。しかし御専門は、と言えば、「英語学」である。

この御専門分野における業績は世界的なものであり、既に若くして偉業を成し遂げられ、八十代の今も絶えることなく研鑽を積んで居られる。これあればこそ、即ち、御専門の研究の徹底的遂行、能力および深い知識が、他の分野の活動においても自ずと深慮、卓見が湧出し、事を成し遂げていかれるのだと思う。

渡部先生は山本夏彦著『変痴気論』（中公文庫・昭和五十四年）の巻末解説において「山本の読者が増えてくることは、それだけ日本の良識の根が太くなることである」と述べて居られる。この言葉はまた、そのまま渡部先生に当てはまると言えよう。わが大阪の友、大橋陽一郎氏は「渡部先生のような方が、よう、この世の中に、日本に生まれて来てくれはったものや」と言った。同感である。

有力な出版社から立派な作品が数多く発刊されているが、さらに多くの人々に渡部昇一先生のことを知っていただき、その著作に接していただくことを願う次第である。

平成二十三年（二〇一一）十月十五日

広瀬書院　岩﨑幹雄

渡部昇一ブックス

1　わが書物愛的伝記
——書物を語り、自己を語る
平成24/7/5発行（第2刷）定価1,500円＋税

2　アングロ・サクソン文明落穂集❶
——ニュートン、最後の魔術師
平成24/8/25発行　定価1,600円＋税

3　アングロ・サクソン文明落穂集❷
——カントもゲーテも、ワインを毎日
平成24/11/3発行　定価1,600円＋税

4　渡部昇一の着流しエッセイ❶
——市民運動はしばしばゆすりである
平成25/3/5発行　定価1,800円＋税

5　渡部昇一の着流しエッセイ❷
——ODA、使われる半分は人件費
平成25/3/5発行　定価1,800円＋税

6　アングロ・サクソン文明落穂集❸
——金は時なり。お金で時間が買えるのだ！
平成25/6/1発行　定価1,800円＋税

7　渡部昇一の着流しエッセイ❸
——ナチスと正反対だった日本
平成25/10/5発行　定価1,800円＋税

8　アングロ・サクソン文明落穂集❹
——スターリンもヒトラーも同じ！
平成26/4/25発行　定価1,800円＋税

9　渡部昇一の着流しエッセイ❹
——安心「長寿法」少食にしてくよくよしない
平成26/6/30発行　定価1,800円＋税

10　アングロ・サクソン文明落穂集❺
——ハレーなかりせばニュートン万有引力もなし⁉
平成26/10/30発行　定価1,800円＋税

11　嘘は一本足で立ち 真実は二本足で立つ　——フランクリン格言集
平成27/6/10発行　定価1,600円＋税

12　渡部昇一の着流しエッセイ❺
——卵でコレステロール値が上がる？　まさか！
平成27/11/13発行　定価1,600円＋税

13　アングロ・サクソン文明落穂集❻
——日米で違う「リッチ」という言葉に対する感じ方、考え方
平成27/12/10発行　定価1,800円＋税

広瀬ライブラリー

1　生きる力（佐藤義亮著）
新潮社創業者の今も、将来にも通じる処世訓話
平成26/8/25発行　定価1,800円＋税